AF451306

Catarsis

Rafael Samuel García Cortés

Catarsis
Rafael Samuel García Cortés

Primera edición: 2022

ISBN: 9788419138552
ISBN eBook: 9788419139917

Para Camila, Sofía y Alison; las amo, por siempre.

∫∫Primero

Allí, recostado en posición fetal, Sebastián presenció el primer presagio del final de su vida. El sueño fue tan vívido que hasta pudo percibir los molestosos broches que cargaba sobre su uniforme militar. Ahí, a tan solo dos centímetros de la gloria, no existía amparo para aquel perfume de orquídeas que bailaba entre sus brazos.

Sin duda alguna, su pareja era hermosa. A la distancia se podía observar cómo el soldado disfrutaba de su esencia. Era imposible no volverse preso de su mirada y sonrisa coqueta. En algún momento, entre paso y vuelta de su baile, el soldado sintió la rara certeza de que estaba soñando despierto. Su acompañante llevaba un vestido negro, muy largo, que rozaba su cuerpo desde sus hombros hasta sus tobillos.

Sin saber por qué, cada segundo de aquella velada parecía importante. La música a lo lejos seguía tocando, el salón y la pista de baile continuaban girando, mientras su cuerpo sentía los síntomas apremiantes del amor al invadir un corazón solitario. Todo a su alrededor ocurría despacio, muy lento, al compás de una balada ligera y tenue. De tal forma transcurrió la velada, hasta que sintió la venida de un mal augurio. Primero, un leve escalofrío se convirtió en inquietud y, súbitamente, aquel mar de alegría se fue evaporando, absorbiéndose, tornándose árido y espeso, volviéndose seco, hasta que terminó por desmoronarse como arena en un castillo de playa.

El suelo prosiguió la debacle al no continuar girando y volverse opaco. La música hizo lo propio, mientras se desfiguraba y se convertía en las ensordecedoras memorias de guerra anidadas dentro de su conciencia. Acto seguido, una culpa infinita fue creciendo y expandiéndose, hasta cavar muy profundo dentro de los confines de su ser, sirviendo como punto de origen a un ritmo de angustia que devastaba cada ápice de su alma y abatía cada espacio de su memoria.

El hombre sintió miedo. Ingenuamente quiso refugiarse dentro de la mirada que sostenía entre sus brazos, pero le resultó imposible: ella, la de hace unos instantes, ya no era la misma. Aquella bella mujer aparentaba haber envejecido. Al mirarla se percató de que su joven pareja había sido marchitada por más de cincuenta años de vejez. Justo después de ver los estragos del tiempo sobre ella, tuvo la rara certeza de que aquella mujer significaba más que una simple cita, ya que la dama que estudiaba con detenimiento parecía ser su esposa. «Pero ¿cómo puede ser mi esposa si aún no estoy casado?», se preguntó en silencio el incrédulo pernoctado. Después de varios instantes de lucha cognoscitiva, luego de haber recorrido a cámara lenta cada segundo de su realidad momentánea, el hombre se dio cuenta de que en realidad él no era aquel militar desamparado con memorias devastadoras. Simplemente, le había tocado la tarea de habitar, durante aquellos sueños escurridizos, la mente atribulada de un ser humano deshecho por su pasado.

Lentamente luchó dentro de sí, hasta que logró regresar del trance depresivo causado por aquella visión reveladora. Fue entonces cuando finalmente se convenció de que él no era aquel militar bailando sobre la pista junto a una dama envejecida. «¡Cuán real se siente esto!», pensó el hombre, sumergido dentro de sus sueños, sin saber que, en ese preciso momento, en aquella siesta aparentemente inocente, Sebastián vivió en carne propia las memorias militares que pertenecían a su padre, el sargento Samuel Luis Pérez.

Tan pronto abrió los ojos, Sebastián agradeció, repetidamente, el que hubiera estado durmiendo. Se encontraba tirado sobre su cama, sudado de pies a cabeza. Tenía sed, su garganta estaba seca. «¿Habré roncado?», pensó, mientras tragaba una saliva espesa e inútil. En su recámara había varios retratos colgados sobre la pared. Las fotos mostraban distintas versiones del mismo hombre a diferentes edades. A veces estaba con su hermano jugando de niños en el lago, en otras estaba con su familia entera, cenando de adultos. En ocasiones, las fotografías lo mostraban mucho más joven y en otras mucho más viejo, pero en esencia todas las imágenes mostraban a un hombre pálido, de estatura alta, postura recta y espalda ancha, con una edad entre los 30 y 40 años (mucho más cercana a los 40, para ser franco).

En los cuadros de familia podía verse su cara grande y nariz larga, puntiaguda, exuberante. Sobre su mejilla derecha tenía un lunar pequeño, pero perceptible que, dependiendo de la calidad de la navaja, podía verse o no en las fotos. Sus ojos eran desproporcionalmente grandes, casi como heredados de una rana coquí, de un color marrón oscuro que rayaba con el negro de su pelo. En resumen: Sebastián era un hombre de edad media, puertorriqueño, alto, muy pálido, con ojos muy grandes, casi negros, y una nariz exagerada.

Durante aquella noche flotaba un aire espeso en el ambiente. Lo notó al despertar y percatarse de que ya era bastante después de la hora de almuerzo. El cielo estaba cerrado, sus nubes variaban entre un gris oscuro que rayaba con el púrpura y un negro intenso que se esparcía por todas partes. Sebastián aparentaba no tener prisa. Lentamente, miró su reloj de mano y se fijó que marcaba las 10:23 p.m. con 30, 31, 32... segundos. Luego, cerró los ojos y fingió que no trataba de calcular que ya habían transcurrido, aproximadamente, 11 horas con 30, 31, 32... segundos desde que se había apartado de su consultorio médico para almorzar. En realidad, a él no le afectaba haberse quedado dormido durante un día de trabajo. De hecho, durante los últimos tres meses, había abierto su oficina un promedio de 4 horas, 3 veces a la semana.

A través de los círculos médicos, había más que suficientes rumores acerca del doctor Sebastián Luis Pérez-Fuertes y lo mal que se veía últimamente. A Sebastián, en general, no le afectaban los rumores o el «qué dirán». Habiendo dicho esto, durante los últimos meses los rumores continuaban creciendo exponencialmente y con buenas razones para así hacerlo. «Aun cuando se haya graduado con honores, es un pésimo médico», decían sus pasados pacientes a sus espaldas. «Yo escuché que su madre lo obligó a ser doctor», decían otros. En el fondo, Sebastián sabía que aquellas personas no eran chismosas, sino hipócritas, ya que todo cuanto decían era cierto, a pesar de que nunca lo afrontaran cara a cara. Ciertamente, la gente no mentía al proclamar que, en aquel momento de su vida, era fatal a la hora de atender a sus pacientes y, más aún, que fue casi obligado por su madre a convertirse en galeno. Durante aquellos días, el Dr. Sebastián Pérez-Fuertes era probablemente la peor versión de un médico que podía concebirse, legalmente.

Seba, como se le apodaba fuera de la oficina, solía bañarse tan pronto como se levantaba. Su ducha tras aquella noche fue rápida y en menos de un par de minutos logró sacudirse el resto del sueño de sus ojos, junto a las memorias de su padre bailando con su madre. Una vez vestido, Sebastián encendió su teléfono celular, agarró sus llaves, su cartera y se dirigió hacia las afueras de su apartamento en el Viejo San Juan. Justo antes de salir de su cuarto se percató de que sobre su mesa de noche yacían las trazas de una nota escrita en tinta china negra. Intrigado, caminó hacia ella y, al tomarla en su mano, la leyó estupefacto:

A vos le queda un año de vida

Tan solo milésimas de segundo después de haber leído la nota, el corazón de Sebastián sintió el impacto de un golpe adrenérgico oriundo del fondo de sus entrañas, seguido de un cóctel de epinefrina con serotonina y un par de gotas de dopamina, que se mezclaron para apoderarse de su cerebro y cada una de sus neuronas, hasta que su pecho se puso a un ritmo de 184 latidos por minuto. Con cada contracción de su corazón sus sentidos expandían cada una de sus venas y arterias, llevándolo sin salida hasta los confines de sus peores pesadillas, aquellas en las que no era amado por nadie y moría como un vagabundo, solo y desahuciado, tirado sobre el suelo.

Tan pronto sus pupilas fueron dilatadas y cada uno de sus músculos fueron excitados, su cerebro le exigió mirar hacia ambos lados, mientras su aura, desesperada, se elevaba, de una vez por todas, hasta la cima del techo. Una vez montado sobre su recámara, se dio cuenta de que ya no estaba enmarcado dentro de su cuerpo, sino que estaba separado de su anatomía y el resto de su alma. Acto seguido comenzó la búsqueda de aquel que había osado anunciarle su muerte. Sin ideas de quién podría ser, empezó por rastrear debajo de su cama y por encima del lavamanos, subiendo por los gabinetes e inspeccionando cada plato, vaso, copa de vino o pedazo de basura que se encontraba en su cocina.

Ciertamente se sentía liviano, como un gas que flotaba por cada orilla de su triste existencia, cruzando la sala y cada uno de sus muebles, pasando por su alfombra, hasta detenerse frenéticamente sobre su mesa de sala. Allí miro y no encontró otra cosa que no fuesen varias hormigas y una lata de cerveza completamente seca y solitaria. Entonces avanzó rápidamente hasta llegar a su teléfono celular, el cual usó para ser transportado a algún lugar más feliz, cercano al centro de París, donde merodeó por sus calles, bañadas por luces amarillas y cafés discretos, paseando entre las esculturas de Rodin y observando un par de miles de obras firmadas por Picasso. Sin rumbo definido, decidió correr a través de los jardines *des Tuileries* y, harto de merodear sin sentido, atravesó su ser hacia un turista perdido, usando su teléfono móvil para arribar nuevamente en su alcoba, sobre el monitor de su computadora.

Una vez de vuelta en su apartamento, con código postal en el Viejo San Juan de Puerto Rico, paseó por los pergaminos de Melquíades, que tanto adoró, repasó un par de poemas de Neruda y ojeó el centenar de libros médicos llenos de polvo que poseía, hasta que, aburrido de merodear como un espíritu psicótico, se dio cuenta de que lo más saludable era, tal vez, retornar a su cuerpo.

Una vez recobró sus sentidos, se encontró encerrado por su piel y enmarcado por aquella tristeza infinita que lo definía. En aquel momento entendió que probablemente era ridículo intentar encontrar al autor capaz de advertirle de algo imposible, ya que si de algo iba a morir en esta vida seguramente sería de la dolorosa costumbre de soportar a su madre, doña Mother.

∫∫Segundo

Al salir de su apartamento, Seba se arrepintió de no haberse puesto una chaqueta. El clima era un tanto frío y, por tal razón, decidió acomodarse las manos dentro de sus bolsillos delanteros, que todavía cargaban una cajetilla vieja de chicles, sus llaves, el teléfono móvil y la cartera, que detestaba colocar en su bolsillo trasero. Después del desenfreno producido por la nota, Sebastián decidió hacerse a la idea de que era una broma de mal gusto, planeada por su hermano y, debido a que no quería regalarle el gusto de que lo asustara, prefirió relajarse y pretender que nunca ocurrió tal suceso. Pasaron uno, dos, tres y, al cuarto carro, decidió aventurarse y cruzar la avenida. Una vez parado sobre la acera opuesta, se detuvo y sintió temblar los dedos dentro de su bolsillo izquierdo.

—Hola —respondió Seba.

—¿Dónde estás? —preguntó doña Mother, su madre.

Para su poca sorpresa, no escuchó un: «¿Cómo estás? ¡Hijo querido!». Ni mucho menos un: «¡Hola, mi amor!», así que, definitivamente, todo andaba muy bien en la casa de su madre.

—Estoy por ahí, ocupado, ¿necesitas algo? —preguntó Seba.

—No —respondió su madre—, solamente quería escuchar la bella voz de mi hijo favorito.

En verdad era falso, ella no tenía hijos favoritos, le decía lo mismo tanto a Seba como a Ian. Aunque algo sí era cierto, ella deseaba escuchar la voz de su hijo menor durante aquella noche. Después de una pausa, doña Mother continuó con sus preguntas:

—¿Dónde te has metido? ¿Qué has hecho? ¿Con quién andas, con alguna mujer? Te oyes ronco, ¿estás fumando?

Justo después de escuchar estas líneas, Sebastián sintió cómo la furia se apoderó de su garganta, cómo sus ojos ya no eran tan pardos, sino rojos, y cómo su mano derecha estaba a punto de triturar su teléfono móvil. Así que, con el propósito de no invertir nuevamente en un celular, de no pintar permanentemente de rojo su mirada y de no dejar prófuga la ira de sus palabras, decidió cortar la llamada. En realidad, no era un problema mayor, ya estaba acostumbrado al protocolo-de-escape diseñado por él y su hermano para lidiar con su madre. Una vez doña Mother comenzaba con una de sus peculiares actuaciones, el ritual era impecablemente ejecutado para evitar mayores consecuencias. Precisamente, aquella era una perfecta ocasión para no enfadarse; la noche era exquisita y no había por qué desperdiciarla con furia.

Luego de haberse calmado, continuó caminando hasta que dobló hacia la derecha, en la esquina de Steffani y Luchetti, deteniéndose en *El Bar del Murciégalo*.

El Bar del Murciégalo era una perfecta «ratonera de cantazo». Desde el nombre hasta la fachada eran un fiasco. La pintura de sus paredes era lúgubre y su olor aparentaba provenir de cada una de las 6.022 x 10^{23} partículas de guano por cada mol que rodeaban aquel edificio senil. Curiosamente, el bar pudo haber sido nombrado por cualquier borrachín que conociera a los dos murciélagos sin alas que lo habitaban. «*Lazs dozs rratazs jon mizs panazs*», repetía constantemente Sebastián después de la décima cerveza. «*Házsta les púje nomgrre y las adoupté. La vlanka je yamma Sumujer y la pintta ezs Suamante. Lag madgre 'el ke zse atgreva a jodel kon ella'zs*». De vez en cuando se le escuchaba hacer chistes con ellas, decía cosas como: «*Vennganzse las dozs co'migo. Tipozs, zsi aligiuen vieni a buzcarme les dijen ke me fuig a mearg kon Sumujer y Suamante*». Sin embargo, eran chistes internos; nadie se reía.

Las paredes de aquella barra parecían como si sudaran; eran oscuras y de ellas colgaban pedazos de pintura negra con signos de humedad y hongos resecos, grisáceos. Usualmente, él se sentaba en una esquina de la barra que normalmente acogía de 6 a 7 personas. Al otro lado de los clientes casi siempre se encontraba Antonio, un hombre como en sus 60 años, que andaba, tosía y hablaba con una ronquera tan profunda que parecía más cercano a los 80 años que a su verdadera edad. En el techo había un abanico eléctrico que giraba con un chillido muy leve y rítmico. A pesar de tanta debacle en aquel sitio y aun cuando Sebastián tenía suficiente plata como para tomar champaña en cualquier club social de gente adinerada, él siempre prefirió esa barrita, porque sentía que nadie lo reconocía allí y su fachada decadente rayaba entre lo único y lo original. En esencia, el anonimato y la mediocridad de *El Bar del Murciégalo* lo hacían sentir especial.

Eran las 11:53 p.m. cuando Seba sintió nuevamente vibrar su muslo izquierdo, así que decidió contestar su teléfono móvil.

—Hola, do-ña-Mo-ther —dijo Seba después de 1.84375 litros ó 6.25 latas de cerveza.

—¿Mother?, Dios me libre y todos sus Santos de que yo sea tu madre. ¿Sabes qué hora es, canto de irresponsable? —preguntó la dama de forma agitada.

Sin duda alguna, era la voz inconfundible de Natalia, que era su secretaria/arreglista personal/consejera/alguna vez amor/hoy día casi hermana, razón por la cual el tren de su vida no había descarrilado y volcado en alguno de los millones de giros que había tomado desde que la conocía.

—¿Jon, jumm, zson como las onze, no? —respondió.

Natalia se quedó en silencio por varios segundos. Una vez cumplido este lapso, dejó salir todas y cada una de las vocales, preposiciones, oraciones y frases que componían la totalidad de insultos que le cruzaron por la mente.

—No, no jon como la'onze. Son las once y cincuenta y tres con treinta y tres segundos, pero ¿cómo era de esperarse que lo supieras si hasta acá me llega el tufo de quién sabe todas las cervezas que te has tenido que haber dado? En vez de llamarme y preguntarme qué demonios hice para deshacerme de los veintitrés pacientes en lista de espera que dejaste plantados en la oficina cuando dijiste que ibas a almorzar y que regresarías enseguida. Me imagino que tampoco te diste cuenta de las 253 llamadas o mensajes de texto que he dejado en tu celular tratando de saber dónde diantre te habías metido. No, no, no, imposible que me dijeras tus planes, eso era muy difícil, muy caballeroso, profesional o, tal vez, educado. ¿Qué más se puede esperar si es que trabajar tres días a la semana es muy tormentoso para su majestad? ¿Por qué no trabajar dos días y medio y olvidarnos del mundo entero? Total, ya a ti no te importa nada, ya tienes dinero, lujos, tu título, pero yo estoy harta, cansada de seguir con este juego, esta vez llegaste lejos y no creas que te vas a zafar.

Sebastián escogió cada una de las cien palabras que dijo y las pronunció con tal empeño que se hubiese necesitado una prueba de alcohol sanguínea para saber que, en efecto, había ingerido bebidas alcohólicas. La delicadeza se debía a que él sabía lo frágil que era la línea existente entre que Natalia lo perdonara o se convirtiera en su *extodo*.

—Natalia —dijo en un tono muy sutil y cauteloso—, te juro que no fue mi intención causarle daño a nadie, en especial a ti: perdóname. Lo que pasó fue que, después de comer, me sentí mal del abdomen, tenía gases cólicos y me fui a casa para utilizar el baño. Allí me encontré bastante indispuesto y decidir tomarme dos dosis de aquel medicamento que suelo recetarte cuando estás enfermita, pero tú bien sabes que contiene opioides, una droga que, además de ser terapéutica en contra de las diarreas, causa un reposo en el sistema nervioso central. Así que, como consecuencia, me produjo sueño y me quedé dormido inadvertidamente.

Ella realmente no sabía nada acerca de farmacología. Y, aun cuando supiera un poco, el Dr. Pérez-Fuertes acababa de hacer una mezcla verosímil entre sus diarreas ficticias y un medicamento real. Ingeniosamente, Sebastián había escogido atacar al ego de Natalia, para así apoyar un argumento que todos y cada uno de los organismos que lo conocían sabían que era falso. Al otro lado del teléfono, Natalia volvió a pausar por un par de segundos y decidió no enganchar, para así contestar las disculpas.

—No me importa. *Tú*, más que cualquier persona, un médico de profesión, entrenado durante casi diez años en gastroenterología, debiste haber sabido que no te podías dar dos dosis de ese medicamento demoniaco a plena mitad del día. Ahora estás en líos y vas a tener que dar una mejor excusa ante los aseguradores para explicarte.

El doctor quedó mudo, aunque no dio indicios de tal signo.

—¿Aseguradores, qué les importa a ellos lo que pasó? —preguntó.

—Les importa y mucho, porque una mujer de 68 ó 69 años tuvo que ser llevada a emergencias médicas mientras esperaba en la sala de espera de *tu* oficina, debido a que *tú* no estuviste a tiempo para su cita médica, posprocedimiento, después de haberle hecho una colonoscopia ayer, que *tú* mismo sugeriste, ordenaste y finalizaste, y que solo *tú* firmaste como que necesitaba llamar de emergencia y venir al hospital o la clínica si desarrollaba algún tipo de sangrado, complicaciones o si desarrollaba cualquier tipo de molestias. Pues, imagínate, ella vino con dolor abdominal y sangrado rectal, y después de esperar 6 horas en nuestra sala de espera terminó desmayándose, desplomándose al suelo, y tuvimos que llamar a una ambulancia. Dios quiera y esté todavía viva, pero sus signos vitales estaban por el piso y hasta escuché que los paramédicos le estaban dando compresiones de pecho en la ambulancia mientras guiaban a sala de emergencias. Llamé a los aseguradores y a los abogados, porque eso fue lo que acordamos después de las últimas cuatro demandas del año pasado y quieren tener todos los hechos al día, junto con los expedientes médicos de la señora, por si acaso alguno de los familiares «no es ciego» y procede a demandarte prontito —contestó Natalia de forma sarcástica.

—Bueno, pues tendré que ir a hablar con los aseguradores temprano en la mañana durante la próxima semana. Me tengo que coger un par de días libres. Pero, para que lo sepas, si la Doñita murió en relación con el procedimiento no fue mi impericia, sino la del sistema de emergencias médicas. Más aún, yo soy médico, no Jesucristo, así que aun cuando le hubiera dado un sangrado en mi cara si no estaba preparada, con los intestinos limpios, para una colonoscopia, yo hubiese hecho lo mismo y llamado a una ambulancia. Así que no creo que hubiese cambiado su suerte —dijo Sebastián un tanto agitado.

—No, no se preocupe, su gran *alteza* nunca es culpable de nada. Lo que se le olvida es que no hay que disparar un fusil para ser un matón. A veces, el no ayudar a salvar a alguien es equivalente a disparar un cañón. —Se escuchó un clic y murió la llamada.

Natalia era una dama callada, bastante educada, bien vestida y con clase. Su mirada era tierna, de un azul claro muy difícil de olvidar. Su cabello era lacio y castaño, con unas vueltas leves e inocuas que descansaban sobre sus hombros. Conservaba en su semblante las huellas de una sonrisa tímida, desgastada en el presente por los malos ratos que le proporcionaba su jefe, quien era casi como un hijo de 37 años. Su piel era muy suave; de hecho, era este último dato el que Sebastián más extrañó durante muchos años al pensar en ella. Él también solía recordar su olor, la textura de sus labios y, sobre todo, su amor incondicional por él. Juntos compartieron seis años de novios y, durante este periodo, hubo muchas sonrisas, pero demasiadas lágrimas. Comenzaron como pareja durante el mismo año en que Sebastián se graduó de Medicina, mientras completaba su residencia en el Centro Médico de Puerto Rico. Luego, continuaron su noviazgo después de que obtuviera su subespecialidad y juntos establecieron su oficina médica en Gastroenterología. Así pues, tuvieron una relación adulta hasta que, un mal día, Natalia le preguntó si él veía un futuro casado con ella, teniendo una familia y criando sus hijos. Él le fue sincero y le dijo que no, que él odiaba la idea de tener una familia y que nunca quisiera tener hijos. Intentó decirle que él la amaba mucho y que quería seguir con ella, siendo novios. Inicialmente, Natalia no supo cómo reaccionar a su contestación. Como respuesta, simplemente lloró. Lloró tanto durante aquella noche que las horas del reloj se fueron inundando por su tristeza y lentamente se vio flotando durante largas horas sobre aquel mar de lágrimas que Sebastián había causado. Al despertarse, se dio cuenta de que su amor se había convertido en nostalgia y decidió terminar su relación sin ninguna lucha. De su parte no hubo gritos, ni reproches, sino que, simplemente, Natalia calló y pretendió haberlo perdonado instantáneamente. A pesar de que Sebastián inicialmente no quería casarse con ella, le tomó más de un año hacerse a la idea de que la había perdido para siempre como pareja. Dentro de sí, él siempre pensó que ella estaría ahí, esperándolo a que cambiara de opinión. No fue hasta que Natalia se comprometió con su ahora marido que Seba decidió olvidarla por completo y así aceptar verla como a una hermana, tal y como ella lo veía desde el día en que terminaron su relación.

Aun cuando ya habían terminado su noviazgo, Natalia decidió seguir trabajando como su secretaria y asistente administrativa por el simple hecho de que le pagaba demasiado bien y, en realidad, no sentía rencor alguno. Por otra parte, él permitió que conservara su empleo porque sabía que de otra forma su vida se convertiría en un desperdicio por completo. Así pues, los dos habían seguido una relación de amistad, desde hacía cinco años, que ambos sabían que no era perfecta, pero que también necesitaban. No obstante, por encima de esa supuesta hermandad simulada y su romance marchito, siempre supieron que existía una buena química entre ellos.

En el presente, Sebastián todavía sentía sus orejas al rojo vivo cuando terminó de hablar por su teléfono móvil. Con la triste excusa de esperar a que su temperamento bajara, decidió permanecer un tiempo adicional y retomar nuevamente su toque de embriaguez. Conversó un rato con *Sumujer* y *Suamante*, charló un poco con Toño, el borrachón de la esquina que por alguna razón estaba sobrio y, a eso de 8.75 cervezas después de haber colgado con Natalia, le pidió otra cervecita fría a Antonio, para llevar, y emprendió su camino de vuelta a su apartamento. Para esto caminó hacia la izquierda por espacio de dos sorbos y medio de su bebida. Tan pronto llegó a la intersección con la calle Steffani, dobló nuevamente hacia la izquierda, caminó aproximadamente tres sorbos más y esperó a que uno, dos y tres eructos fluyeran de su esófago antes de cruzar la calle desierta. Con esmero, pero con gran técnica, subió los diecisiete escalones existentes hasta llegar a su apartamento. Una vez adentro, se aseguró de cerrar la puerta con candado, tomó cuatro vasos de agua y se recostó sobre su almohada. Al cerrar sus ojos ya habían transcurrido casi 15.75 cervezas desde que recibió la nota amenazante, aunque en ese momento no importaba, ya el alcohol había tomado control sobre su sistema nervioso y tal suceso había sido relegado a tan solo un mal rato.

∫∫Tercero

Sebastián tenía una familia muy pequeña, básicamente compuesta por su madre, su padre y un hermano mayor. Su madre, doña Mother, había adquirido después de adulta la insistente manía de que nadie la llamara por su nombre natal: Dolores Fuertes. Fue tanta la urgencia por cambiarse su nombre que tan pronto se casó, extirpó de un puñado su apellido y lo arrojó tan lejos como pudo. Con el pasar de los años, fue conocida como Dolores Pérez, hasta que posteriormente hizo lo propio con el resto de su nombre. Ahora, simplemente, su nombre era doña Mother. «Tuve dos hijos muy gorditos al nacer, eso es todo», se repetía a la hora de aniquilar los complejos que nacían sobre su reflejo. «Yo no estoy gorda, simplemente estoy forradita de amor», repetía de vez en cuando al compartir con las chicas en el salón de belleza. Y es que aquella imagen amargada, antipática, arrugada y engordada, escondía profundamente una versión suya muy joven, dulce y delicada, que alguna vez la hizo más feliz. Ahora, los años habían ocultado su juventud, marchitado su felicidad, destrozado su figura liviana y empañado su carisma. Era como si una dama perfecta hubiese sido tragada por un salvavidas repleto de miseria y amargura subcutánea, que la hacía verse significantemente obesa.

Sebastián tenía un hermano dos años mayor llamado Ian. A pesar de ser hermanos y de compartir al menos 99.95% de similitud genética, lo cierto es que existía mucho más que 0.05% de diferencia entre ellos. Puede que se pregunten: «¿Cuán grande puede ser 0.05% de diferencia?». Bastante, pero empecemos con las similitudes: ambos eran altos, puertorriqueños y de tez clara. Por otra parte, Ian era ingeniero civil y no doctor en Medicina, llevaba pecas sobre sus mejillas casi del mismo color castaño de su cabello, amaba su trabajo sin importarle su sueldo, era especialmente atento con sus clientes y toleraba a su familia infinitas veces más que su hermanito galeno. En adición, Ian se graduó a los 23 años de Ingeniería civil, y decidió ese mismo año abrir su propia firma de ingenieros. Por otra parte, Sebastián se tardó mucho más en convertirse en médico. Primero, porque una carrera en Medicina es un tanto más larga que una en Ingeniería. Pero, segundo, porque a pesar de que Seba recibió su diploma en gastroenterología a los 31, no fue hasta los 37 años que aprendió a amar su trabajo.

En términos de personalidad, se puede decir que ambos eran polos opuestos. Esto se observó desde muy temprano en su infancia. Ian nunca olvidará el día en que, a los 9 años, tuvo una pelea desenfrenada con Sebastián. Aquel día era el cumpleaños de su padre, el sargento Samuel L. Pérez y, como castigo a la revuelta, los encerró a ambos en sus respectivos cuartos para que, como él decía: «Se pelearan con las paredes». Sin saberlo, aquella pelea inmadura con su hermano menor terminaría siendo una de las más grandes razones por las cuales sus personalidades tomarían rumbos opuestos.

Para Ian no era incómodo hablar con las paredes. Es más, con el simple objetivo de mortificar a su padre, gritaba durante horas muertas los números del uno al cien hasta que lo vencía el cansancio. En aquella ocasión comenzó con la misma motivación tenaz de tratar de probar que odiaba al sistema, que no lo seguiría. «... 28, 29, 30...», gritaba el niño, cuando de repente escuchó aquella frase que nunca olvidaría: «Podrías bajar la voz».

Ian quedó seco, paralizado y en suspenso. «... 31, 32, 33...», intentó contar, pero, antes de vocalizar aquella cifra de la edad divina, escuchó la misma voz repetir en un tono más articulado: «Por favor, podrías bajar la voz». Ian se levantó y, de una vuelta y media, aterrizó con la parte occipital de su cabeza enterrada sobre la pared. En aquel instante, se sentía aterrado y con poco aire; totalmente frágil y mudo. Intentó hablar, pero nada ocurrió. Trató de levantarse, pero ni uno de sus seiscientos músculos estriados decidió ayudarlo. Acto seguido quiso desesperadamente visualizar al autor de aquellas palabras. Mientras tornaba su cuello tuvo escalofríos, fiebre, malestar general, incontinencia urinaria y hasta náuseas. A sus 9 años se sintió condenado a la pena de muerte.

Frente a Ian había una lámpara de noche que parecía poder comunicarse con él.

—¿Qué dices? —preguntó Ian.

—Por favor, podrías bajar la voz —replicó Ernie.

Ernie era bastante normal. Tan normal como un unicornio o un cuento de hadas. Medía aproximadamente treinta centímetros de alto y veinte centímetros de ancho. Y, en esencia, tan solo era una lámpara que imitaba, morfológicamente, a un duende vestido de verde y que era capaz de hablar. Su imagen era graciosa e infantil, para nada aterradora.

—¿Tú, tú puedes hablar? —preguntó Ian, casi en lágrimas.

—Sí, señorito Ian, puedo hablar, pensar, aconsejar y hasta llorar si me necesitas —respondió el pequeño duende.

—¿Tú me prometes ser mi amigo y no hacerme daño? —murmuró Ian.

—Sí, claro que sí, te prometo ser tu mejor amigo por siempre —respondió Ernie.

La realidad es que Ernie era solo una lámpara para el resto del mundo, con excepción de Ian, y su voz no podía ser percibida por ningún otro oído mortal. Durante muchas ocasiones durante su infancia escucharon a Ian hablando solo y, al entrar a su recámara, simplemente lo encontraban junto a su lamparita. Para el mundo, Ernie era tan sésil como una escultura de Miguel Ángel y tan expresivo como una roca. Si le preguntas a algún psiquiatra, te dirá que fue una alucinación creada por Ian en un estado de psicosis, mientras gritaba con angustia cuando era un niño. Pero lo cierto es que nadie sabe el por qué exacto de aquella amistad. Desde aquel entonces, la única verdad fue que esa figurita de duende iluminadora se convirtió en su mejor amigo y aquel día festivo para su padre sirvió de génesis para una relación simbiótica que perduraría hasta el último día de sus vidas.

∫∫Cuarto

Entró despacio, por el único rincón de las cortinas que pudo. Una vez dentro de la recámara, el triste rayito de sol orientó su esqueleto de onda-partícula a través del cuarto hasta llegar al ojo izquierdo de Ian. Junto con su calor, traía consigo casi ocho minutos-luz de retraso desde que salió del sol.

—Maldito sol —murmuró Ernie.

—Shhhh, quiero dormir —dijo Ian con la sábana enrollada entre sus dientes y su estómago.

A pesar de que era viernes y debía levantarse temprano para trabajar, no era infrecuente encontrar a Ian en su cama hasta pasadas las doce del mediodía. Estaba cansado, pero decidió apagar su alarma digital mientras un mensaje que decía «*Good morning*» se proyectaba sobre su techo. «*Good morning*», pensó Ian mientras tosía, «qué sabe este reloj de la diferencia entre días buenos y malos». A Ernie, por otra parte, «*Good morning*» o no, le encantaba la imagen de la lucecita roja que alumbraba sobre el cuarto la alarma digital, ya que lo hacía sentir más humano.

Luego de pararse a apagar la alarma, Ian agarró sus sandalias y se dirigió a Ernie.

—Sí, ya sé, cerraré las cortinas.

—Gracias —dijo el duende y volvió a su acostumbrada pose inmóvil.

Seguido, decidió ducharse con la intención de sentirse un tanto vivo. Una vez abrió la ducha, lo primero que vio fue una gota, seguida de cientos de miles (prácticamente innumerables). Sobre su cara tenía el peso entero de una ola caliente y refrescante. Por un instante, aquella fuente de agua lo hizo feliz.

«Allá en la ducha había un chorrito», pensó mientras dejaba escapar una carcajada incrédula. Sin saberlo, su canción despertó la inquietud de algo dentro de aquel grupo de gotas y, de forma silenciosa e introvertida, un chorrito se separó de las cien mil alrededor suyo. Aquel chorrito andaba furioso y, mientras Ian cantaba, se «hizo grandote» y «se hizo chiquito». «¿Qué, estás de mal humor?», preguntó Ian mientras reía, «déjame adivinar, pobre chorrito, ¿tienes calor?» Pero su risa no causó agrado al señor Chorrito y se desequilibró. Repentinamente, y con todo el calor que tenía, el chorrito terminó de separarse del montón y, de forma precisa y premeditada, azotó con cada uno de sus enlaces de hidrógeno los cachetes del Ingeniero Pérez. Fue tan fuerte la bofetada que Ian cayó sobre su trasero y cada uno de sus dientes palpitaban por arriba y por debajo de sus encías. En vez de levantarse, apagar la ducha y salir corriendo a secarse, Ian decidió tratar de vengarse. «Púdrete», gritó, seguido de algo parecido a: «Nunca me dejaré abofetear por un estúpido puñadito de agua con sueños de alguien», casi sonando como una declaración de guerra a un simple y mísero, no viviente, chorrito.

Puñadito o no, la realidad era que Ian se encontraba en desventaja numérica desde antes de comenzar a pisotear irracionalmente los nudos de agua que aparecían frente a sus ojos. Como resultado de sus gritos y pisadas, logró enfurecer a los restantes 3.592 chorros de agua que se encontraban presentes. En la ducha había chorros de todas clases: chorritos bebés, gigantes, alguno que otro trapecista, un par de otros lluviosos, bailarines, poetas, pintores y hasta uno que otro que era pescador. Tan pronto Ian se percató de la severidad de sus actos, intentó huir y salirse de la ducha, pero ya era muy tarde, todos los chorros estaban furiosos. Instantáneamente, cayeron golpes de agua por todas partes. De hecho, cada fuente de agua en su baño se abrió y parecía como si una ganga inmensa de gente estuviera lista para ponerlo en su sitio. De buenas a primeras, cada molécula de agua empezó a abatirlo, desquitándose con cada puño por sus estúpidas preguntas. La mayoría de los moretones provenían de la ducha, aunque los chorros más dolorosos eran los del lavamanos, bidet e inodoro, por venir de imprevistos. Al unísono, aquellos grupos acuíferos embistieron cada uno de los dos metros cuadrados de su piel. En su desesperación por protegerse, Ian logró amortiguar unos cuantos, al enrollarse en la cortina de baño, pero, de todas formas, le tocó sufrir en su totalidad aquella furia inaudita.

Tendido sobre el suelo, sintió cómo cada parte de su cuerpo fue atropellada durante aquella mañana. Los impactos fueron tales que sentía dolor al parpadear justo debajo de sus pestañas, al respirar en ambos lados de sus costillas y al tocar por accidente cada espacio de su abdomen. En general, todos los azotes fueron precisos y con tanta rabia que Ian creyó que nunca saldría vivo de aquel baño. «Lo siento», comenzó a gritar Ian en algún momento. «Lo siento mucho, señores Chorros», repitió mientras tosía y escupía buches completos de sangre sobre el suelo. En total, de principio a fin, aquella barrida duró aproximadamente ciento veintitrés segundos y no fue hasta que pidió perdón a todos los familiares del Sr. Chorrito que logró salir a duras penas del baño. Una vez afuera, se tiró boca arriba sobre el piso de su recámara.

—¿Qué diablos te pasó? —gritó Ernie al verlo en el suelo.

—Me dieron una senda paliza entre más de mil chorros y no puedo ni respirar. ¡Maldita sean estas gotas de agua y el 75% de ellas que componen el planeta! —contestó.

Ian Samuel se encontraba desnudo de pies a cabeza. Mientras reunía las fuerzas necesarias para levantarse, Ernie observó cada azote sobre el cuerpo de su mejor amigo. En su piel podían distinguirse los moretones colgados y tatuados en distintas tonalidades de marrón violeta. Sobre su glúteo derecho tenía un morado color vino con pequeñas pintas muy oscuras alrededor. En el costado derecho de su pecho tenía un espacio vacío, parecido a lo que uno se imagina como el resultado de un encontronazo entre un marrón y una puerta de hojalata. Por último, Ian cargaba un pequeño hematoma sobre su labio inferior que también daba indicios de convertirse en un par de suturas.

—Ian, avanza y llama a tu hermano, cuéntale lo que te pasó, de seguro te dará la mano — dijo Ernie y la realidad era que su mejor amigo ya estaba lo suficientemente adolorido como para obviar el consejo.

Esta vez el duende tenía razón: necesitaba la ayuda de su hermano médico, Sebastián. Completamente adolorido, se arrastró como pudo para llamar a Seba, pero tan pronto comenzó a marcar el número sintió ese aroma recurrente que distinguía a Dalymar Lávi.

Sebastián venía guiando cuando recibió la llamada de su hermano en su carro.

—¡Hola, hermano! —contestó Sebastián con un tono alegre, pero ficticio.

Para aquella fecha, habían transcurrido siete días, exactamente, desde el incidente de la primera nota misteriosa. En esos precisos instantes, Seba volvía de una cita con su asegurador y su tono alegre no era más que un teatro. Mientras contestaba la llamada, venía guiando su carro. «Segunda, no-cloche; tercera, acelera, cuarta, no-cloche; tercera, señora, anciano, ¿desacelera?, estuvo cerca, no-cloche», era todo cuanto le susurraba su mente.

—Necesito ayuda, hermano. Me acabo de dar un reventón en la bañera y quiero que me examines para que me digas si necesito ir hoy a sala de emergencias o mañana al médico —balbuceó Ian con los dientes adoloridos.

—Pero ¿estás loco, para qué una segunda opinión? Ian, yo soy «el-médico-de-la-familia» y no te preocupes, que vas a quedar como nuevo, dame veinte minutos y caigo en tu apartamento, hablamos con calma allá —se escuchó un clic y lo dos colgaron.

Tendido sobre el suelo, aproximadamente a diecisiete minutos de que Seba llegara, Ian hizo los movimientos exactos como para ponerse unos calzoncillos y pantalones cortos. Apoyado sobre su costado, volvió a recordar a Dalymar, el amor de su vida, la niña de rizos rojos que protagonizó sus días desde los doce años hasta el presente. Todavía recordaba la fecha en que murió. ¿Cómo olvidar ese día, si con ella murió el amor por la vida?

Físicamente, Dalymar Laví murió un primero de noviembre, después de haber recibido su terapia pulmonar matutina. La familia quedó devastada. En parte por pena y en parte porque ella fue durante 22 años la nena de la casa, la única esposa, hija y hermana. Ella era la flor consentida que nadie tocaba. Desde que Ian y ella se enamoraron, los Pérez la quisieron como a una hija. Después de la muerte de Daly (como se le llamaba cariñosamente), Ian Samuel desarrolló una depresión severa, que casi lo llevó al suicidio. Primero dejó de comer y de bañarse, lentamente paró de hablar con sus amigos, seguido de su familia y, con el pasar de los días, se encerró por completo en su mundo hasta convertirse en prácticamente un ermitaño, que vivía en su apartamento repleto de basura. Llegó a estar tan mal que por largos periodos de tiempo olvidó estar vivo. La familia intentó casi de todo: psicólogos, psiquiatras, medicinas más reales y otras alternativas, terapias de electrochoque, enfermeras graduadas para que lo vigilaran durante cada segundo y una sirvienta para atenderlo durante todo el día. No fue hasta un año después de su muerte que, milagrosamente, comenzó a mejorar. En menos de una semana empezó a conversar y a comer más de lo mínimo necesario para subsistir. Poco a poco los doctores empezaron a ver mejorías concretas y después de dos meses de progreso absoluto hasta dejó de tomar los medicamentos antidepresivos. Increíblemente, en menos de tres meses, pasó de estar postrado en su cama a caminar con la ayuda de terapia física y a alimentarse por sí mismo. Tres meses más tarde (casi seis meses desde haber comenzado a mejorar) ya estaba listo para enfrentarse nuevamente al mundo; algo que Ian no imaginó que algún día volviera a suceder. Ante su familia y especialistas médicos, Ian había logrado encontrar la cura perfecta para recuperarse.

—¿Te sientes mejor? —preguntó Dalymar, 12 minutos antes de que arribara Sebastián.

—En verdad que no, pero Seba viene de camino, así que no te preocupes —contestó Ian.

Como un espejismo cíclico, Daly aparecía y se desvanecía, con bastante regularidad, para hablar con él, para decirle hola y abrazarlo, para estar presente. Precisamente esa fue la receta médica que había logrado recuperarlo de aquella depresión suicida que casi lo llevó a la muerte. Para Ian, la imagen de Dalymar era real, tangible e idéntica a la de aquella dulce mujer que falleció a solas en un hospital de San Juan. Su cuello seguía intacto, muy largo y fino. Sus manos eran las mismas, tan delicadas como la textura de sus labios, y su mano izquierda todavía cargaba su sortija de bodas, que tan feliz los hizo a diario. Su aroma todavía era inconfundible, a pesar de su muerte y de los años desde entonces; muchas veces su perfume era perceptible para todos a su alrededor, en especial para el padre de Ian, don Samy, y el resto de su familia. Realmente, la fragancia de Daly nunca abandonó la vida de Ian y su olor era seductor, pero tierno, y su único objetivo era recordarle a Ian cuánto lo amaba. Para él, fragancia o no, ciertamente tenerla presente y que permaneciera a su lado era un jardín celestial. Así pues, a pesar de que Dalymar había muerto, Ian todavía tenía la suerte de verla (real o no) a diario en su mundo, para así poder abrazarla, conversarle y hasta hacerle el amor. Es por esto por lo que Ian Samuel siempre trabajaba desde su apartamento y odiaba salir a la calle si no era completamente necesario.

Siete minutos antes de llegar Seba, Ian decidió levantarse del suelo y recostarse junto a Daly.

—Te amo, Daly, te amo mucho —dijo Ian mientras se recostaba sobre su cama.

Tan pronto tocó las sábanas, sintió un gran deseo por extender sus brazos y abrazar a aquel ángel recostado a su lado. Alrededor de ella sintió cómo cada uno de sus moretones lentamente se adormecían, a la vez que comenzaba a percibir un latido hondo, proveniente de su cintura. Cada segundo, las palpitaciones crecían y aumentaban progresivamente con la certeza de la fragancia de su pareja. Justo después de abrazarla, recibió un beso de Daly detrás de su oído, mientras ella colocaba una sábana por encima de Ernie para ocultar la escena. Poco a poco, sus caderas fueron juntándose y Daly colocó sus piernas alrededor suyo, para así continuar sintiendo aquel palpitar rítmico entre sus muslos. Cinco minutos antes de que llegara su hermano, Ian deslizó sus dedos por el cuerpo de Daly y con una caricia sutil retiró los manguillos de su blusa, mientras la colocaba en alguna esquina de la fantasía. Los besos se hicieron más rápidos y profundos justamente a cuatro minutos y veintitrés segundos de que llegara Seba. Los pechos rosados de Dalymar flotaban desnudos y libres ante la piel erizada de Ian, quien se encontraba embrujado ante sus hechizos. Así, a tres minutos y cincuenta y tres segundos de que Seba tocara la puerta, Ian movió ligeramente la parte inferior de la ropa interior de Dalymar y lentamente introdujo su cuerpo dentro de ella. Sutilmente, primero despacio y cada segundo un tanto más rápido, sus pieles se intercalaban y hacían una, formando una mezcla de lujuria en la que ambos se balanceaban al mismo son de un tambor húmedo y adictivo que les marcaba la coreografía. Un gemido leve de Dalymar, seguido por un grito discreto y un pequeño mordisco, eran todo cuanto él necesitaba para volverse loco de deseo. Dentro de ella, Ian sintió cómo sus labios lo hacían flotar y hasta se sintió elevado por encima de sus sábanas. «Hazme tuya, Ian, hazme tuya nuevamente», decía Daly suavemente en su oído, mientras Ian perdía por completo cada pedazo de control que quedaba en su ser. Justo en aquel momento, a varios centímetros de la cama, levitando por encima de su realidad mientras sus cuerpos sudaban y se estremecían a través de aquella divina gloria de encuentro sexual, Ian derramó su ser dentro de ella. Por varios segundos, ambos jadearon y temblaron hasta que las palpitaciones fueron lentamente disminuyendo y sus cuerpos suavemente descendían nuevamente hasta la cama. Completamente cansados y satisfechos, ambos permanecieron juntos por espacio de un minuto, tal y como si hubieran estado repasando aquella furia de amor y de sexo que habían justamente experimentado juntos nuevamente. No fue hasta que Seba hizo sonar por quinta vez el celular, que Ian decidió recobrar todas sus sensaciones humanas, que atestiguaban aquella paliza recibida hacía menos de treinta minutos. Dalymar recogió su camisa, lo besó en la mejilla y se desvaneció.

Quinto

Desde que entró en el apartamento de Ian, el olor a sangre mezclado con el perfume de Daly era tan fuerte y único que a Sebastián le costó mucho concentrarse en la historia que su hermano le contaba. Apenas dos minutos antes de sentarse a platicar con su hermano pudo notar que sobre las ventanas de vidrio podían verse las cicatrices de una llovizna liviana que justamente acababa de pasar, generadas por el exceso de humedad y el aire acondicionado. Adentro, la temperatura era mucho más fría que la de aquel calor infernal que sintió al bajarse de su carro. Un tanto sudado en la frente y nariz, se limpió con las manos las gotas sobre su cara y se secó las mismas con sus pantalones. A ambos lados de las paredes de la sala había pinturas un tanto cubistas en blanco y negro. Las miró brevemente, pero su atención rápidamente se tornó al centro de la mesa de entrada, donde había un florero blanco con amapolas rojas recién cortadas. Aquellas flores eran, sin duda alguna, las favoritas de Dalymar. Al sentarse frente a ellas en un mueble grande de cuero, le hicieron sonreír de nostalgia. Una vez sentado, y casi a treinta y siete segundos de que caminara Ian para recibirlo, miró a su alrededor y se dio cuenta de que todo lo demás que no había visto estaba en desarreglo. Había pisadas de sangre sobre las losetas blancas. Vio pedazos de papel de baño saturados de un color rojo tirados en la mesita de café de la esquina. El olor a sangre era fuerte, no tanto como el de Daly, pero lo suficientemente agudo como para recordarle los miles de procedimientos que había llevado a cabo en la sala de operaciones, intentando detener algún sangrado gastrointestinal maligno. Olía, en muchas formas, a carne fresca de carnicería cuando una mujer perfumada acaba de pedir tres kilos de carne de res.

—¿Sebastián, estás ahí? —balbuceó Ian con los dientes adoloridos mientras chasqueaba sus dedos, tratando de despertarlo.

Seba brincó un poco y miró a su hermano, aprobando con su cabeza sutilmente. En su trance todavía seguía pensando en los malos momentos vividos en la sala de operaciones y en los buenos recuerdos que aún guardaba de su difunta cuñada.

Según Ian le contó una historia de cómo se había resbalado torpemente sobre su bañera, Seba no le creía nada de lo que le decía. Para él, lo más lógico era que aquellos moretones de su hermano pudieron haber sido causados por una tremenda paliza. «Pero ¿quién le habrá dado tan duro a Ian?», se preguntaba, «¿será que ese perfume que me recuerda tanto a Daly es de alguna otra mujer casada? ¿Podrá ser que su marido le cayó a golpes a Ian?», pensaba.

Mientras Ian le continuaba contando cómo llegó arrastrándose hasta su recámara, Seba se imaginaba cada golpe que el marido celoso le había propinado. Por lo tanto, decidió ignorar su historia y el «por qué» de sus golpes para prestarle más atención a las consecuencias. Para él, si sus sospechas de que Ian tenía alguna novia a escondidas eran ciertas, habría que tener en cuenta que su hermano merecía más que nadie comenzar nuevamente. Ian era un adulto, viudo pero soltero, y ya habían pasado más de cuatro años desde que comenzase a guardarle luto a Daly. Era bastante razonable que su hermano mayor estuviese listo para volver a enamorarse.

Habían pasado casi veinte minutos desde que Sebastián llegó al apartamento de Ian, mientras le brindaba primeros auxilios. Primero, Seba se encargó de desinfectar las heridas de su hermano y ponerle un vendaje que cubría su labio inferior. Acto seguido, lo examinó de pies a cabeza y fue curando cautelosamente cada una de las laceraciones, con una que otra necesitando las suturas que trajo en su maletín médico. Después de haber terminado, le recetó siete días de antinflamatorios y relajantes musculares para disminuir sus penas. Una vez terminó de actuar como paramédico de salas de emergencias, Seba se levantó del mueble y se dirigió hasta la cocina para preparase un café.

La cocina estaba limpia, pintada de un color blanco grisáceo, casi quirúrgico. Minuciosamente, el Dr. Pérez-Fuertes echó suficiente harina de café en la cafetera y presionó el botón rojo que decía «START» para comenzarla. Sin intención alguna, aquel olor a café lo hizo recordar a su querida doña Mama.

Pero ¿quién era doña Mama? Bueno, en una oración, ella era una mulata puertorriqueña de 61 años que había sido bautizada bajo el nombre de Patria Jiménez. En más de una oración, ella también se había dado a la tarea de criar a los dos hijos de un matrimonio que tenía el dinero suficiente como para pagar por todo, incluyendo la crianza de sus hijos. Patria provenía de una familia muy pobre y nunca llegó a casarse, terminar la escuela secundaria o tener sus propios hijos. Por tal razón, pretendía que Sebastián e Ian eran parcialmente suyos y no, completamente, de sus jefes. Sí, eran sus jefes, aunque cualquiera podría argumentar que la trataban como a una esclava. Prueba de esto era que doña Mama se levantó, durante todos los días que trabajó en la casa, exactamente a las 6:00 a.m. para comenzar a colar el café y recoger los huevos de las gallinas, lavar los pisos y restregar las bañeras, sacudir los muebles y levantar el polvo de las alfombras. Mientras, cocinaba el desayuno y organizaba la ropa sucia, recogía los trastes y tiraba sus sobras, tendía las camas y alimentaba a la perra. A la vez, limpiaba los espejos y contemplaba el reflejo de su miseria, vestía a los niños y los llevaba caminando a la escuela, les daba un abrazo y dos besos en la cabeza, usaba el baño y respiraba muy hondo por su tristeza. Una vez lista y sola en la casa, volvía a sus tareas y fregaba la trastera, lavaba la ropa y la tendía sobre la verja, barría la marquesina y regaba las flores, miraba hacia al cielo y sonreía de pena, pensando con mucha decepción en la imagen remota de la que alguna vez fue ella. Día a día, doña Mama llegó a observar cómo, a través de 40 años, fueron apareciendo aquellas líneas gruesas por debajo de sus ojos, cómo su mirada se tornó con el tiempo más amarillenta, junto con la evolución de los 413.020 pelos blancos y negros que se entrelazaban para crear aquel cabello gris que reposaba sobre su cabeza. De repente, la alarma sonaba y miraba la hora, buscaba a los niños y les cambiaba las ropas, preparaba las viandas y comenzaba la cena. A la misma vez, recogía la ropa y la doblaba sobre la mesa, acomodaba los condimentos y observaba la estufa llena, contestaba el teléfono y escuchaba los gritos de doña Mother, su dueña. Ya por la noche, visitaba a los niños en el cuarto antes de dormir y les narraba una historia de hadas nueva, en la que ella soñaba ser un personaje ficticio y su vida personal era otra.

Realmente, tanto Ian como Seba desconocían lo mucho que sufrió doña Mama en el quehacer diario. También desconocían lo mucho que ella hizo con tal de permanecer junto a ellos, aunque fuese como casi una esclava, en vez de una ama de casa. De más está decir que aquel amor que les brindó tuvo sus efectos, ya que ambos la consideraban más madre que a nadie, a pesar de que ellos llevaban el apellido «Fuertes» de doña Mother.

Un ruido agudo lo hizo saltar y darse cuenta de que el café estaba listo. Sebastián lo sirvió y sintió cómo sus labios se aproximaban a aquella copa caliente que se escurría dentro de sus mejillas. Ya estaba más tranquilo, pero todavía sentía los gritos del asegurador, sentado frente a dos de sus abogados, mientras le repetía de mil formas distintas: «Ojalá y esta sea la última de tus estupideces o si no me aseguro de que te quiten la licencia de médico personalmente». Seba les hizo caso omiso. Para su tranquilidad, prefirió repetirse un par de veces que no volvería a suceder. Aunque lo cierto era que las alegaciones en su contra eran bastante incriminatorias. A todos los efectos, existían al menos cuatro razones precisas por las cuales probablemente lo demandarían y esto era sin saber si la pobre mujer, por la cual recientemente se había envuelto en líos, había sobrevivido. En términos monetarios, su equipo legal se había encargado de mover todas las propiedades a su nombre a una corporación segundaria para que no le atacaran, principalmente si algo así continuaba sucediendo. De hecho, si lo demandaban, lo más probable es que el nombre de la corporación, «Los Doctores Fuertes», fuese el foco de atención. Con todo y con eso, la aseguradora sabía que nadie más le daría un seguro de impericia médica a Sebastián y, por tal razón, sus pagos mensuales eran astronómicos, lo cual ciertamente les beneficiaba. Increíblemente, en muchas instancias, los doctores como Sebastián no iban a corte o simplemente arreglaban pagos por debajo de la mesa por daños mínimos. Así pues, casi hipócritamente, mientras más errores y sandeces cometiera Sebastián, más altos eran sus pagos a su compañía aseguradora y más pequeñas eran sus repercusiones. En esta etapa de su carrera, mucho más de la mitad de sus ingresos iban directamente a las cuentas de sus seguros de impericia o a sus impuestos. Por tal razón, ambas partes sabían que al fin y al cabo todo entre ellos se perdonaría, siempre y cuando el Dr. Pérez-Fuertes les continuase pagando.

Un timbre en la puerta anunció la llegada de una visita y Seba, nuevamente, no pudo evitar saltar del susto. Esta vez, la nariz de doña Mother se encontraba a 2.54 cm de su vista. Sebastián miró a su hermano, pero este se encontraba más del lado de los sueños que del presente. Así que, sin más opciones que abrir la puerta, respiró fuerte y agarró la perilla con un mal presentimiento. En ese preciso instante, sintió cómo las células nerviosas de sus ojos se ajustaban para maximizar la cantidad de color que estaba próximo a escaparse por la entrada del apartamento. Una vez abrió la puerta, Sebastián se encontró de frente la imagen de aquella mujer de ochenta y tantos años que lo trajo al mundo.

Doña Mother medía poco menos de 1.7 metros de altura. A su edad, todavía visitaba el «Country Club», llamado *Club de los Banqueros*, cuatro veces en la semana, sin contar las actividades y fiestas que se realizaban esporádicamente. En adición a sus compromisos sociales, doña Mother visitaba puntualmente el salón de belleza, llamado *El Popurrí*, de forma bisemanal. Hoy viernes, acababa de salir de allí y decidió darse una vuelta por casa de Ian, que quedaba bastante cerca del salón de belleza. Su cabello no había mostrado indicios de vejez desde su cumpleaños número 35, cuando el mundo vio nacer, simultáneamente, a su primer hijo y a su primera cana. Desde aquel día fatídico, según ella lo autoproclamaba, había acumulado tanta concentración de tintes en sus hebras foliculares que cada vez que caminaba aportaba un poco al deterioro global de la capa de ozono.

Doña Mother vestía a la «moda», al igual que lo haría una artista de cine en sus años dorados. Desafortunadamente para ella, nunca había puesto un pie sobre el escenario. Por el contrario, en vez de cantar ópera, ella y su esposo ganaron una fortuna al construir una de las primeras cadenas farmacéuticas en el área rural del centro de Puerto Rico. Una vez alcanzaron el éxito al crear suficientes miembros de esa red de negocios, vendieron la misma, se retiraron y se dedicaron a viajar por el mundo en su tiempo libre. Por tal razón su ropa incluía gafas de diseñador, carteras de pieles exóticas, relojes suizos de cerámica y vestidos de lujo.

Parado adentro de la puerta del apartamento, Sebastián tuvo la oportunidad de observar la imagen de su madre, con toda la grasa abdominal que la acobijaba y las 212 libras de peso que cargaba sobre sus pies. Al entrar, Mother Pérez caminó dos pasos y le dijo:

—Sebito, mi vida, qué alegría verte aquí y no en aquel antro de mala muerte que llamas barra. Dios es grande y sabía que venía para acá, por eso es por lo que logró que mis dos hijos del alma se reunieran inconscientemente para verme... —Doña Mother continuó hablando, pero Seba optó por mover su cabeza verticalmente y sacarle el polvo a esa sonrisa ficticia que tanto usó durante sus años de infancia.

—Ian, adivina quién vino a visitarte —gritó Seba con un tono sutil y sarcástico mientras interrumpía las palabras sordas de su madre.

Ian abrió su ojo derecho y miró la cara del duende. Ernie parecía mirarlo fijamente, como insinuándole que, por favor, se quedara dormido. Sabiendo que si permanecía en su cama de igual manera tendría que recibir a su madre al siguiente día, Ian decidió levantarse y dirigir su anatomía hacia el baño con el propósito de hacerle un reconocimiento a los estragos que había dejado el *Huracán Chorrito* sobre su cuerpo. La realidad era que estaba maltrecho y bastante adolorido. Dándose cuenta de que no iba a poder salir vivo del interrogatorio de su madre, Ian optó por asumir una actitud de completa enajenación y contestar todas sus preguntas de forma abstracta. O sea, al salir del baño le contaría, de forma detallada, la cruda realidad. A diez metros de distancia, sintió cómo las palabras de su madre taladraban sobre sus oídos aceleradamente. Ian caminó a duras penas hasta el mueble y se sentó sobre su glúteo izquierdo, que era el que menos le dolía.

—¡Dios mío! —gritó doña Mother, consternada—. Pero ¿qué te ha pasado, Ian de mi alma? ¿Quién te propinó tal paliza? No me digas que tú y tu hermano se fueron a aquel *barsucho* a darse unas cuantas cervezas ayer, porque eso sí lo explicaría todo.

Ernie, que se encontraba sobre la mesita de noche, era parte del público presente en esta obra melodramática de doña Mother. A varios metros de la conversación y a través de la puerta entreabierta que daba a la sala, el duende-lámpara de dos pies de alto dejó caer su quijada inferior al presenciar la batalla que Ian y Sebastián acababan de comenzar contra doña Mother, a pesar de que la misma no era física, sino verbal. Ian comenzó con la embestida al cuestionarle que cómo se atrevía a decir tales barbaridades. Seguido, Seba continuó el ataque al preguntarle si su cerebro era de gallina o si simplemente jugaba a pretender que realmente lo era. Esto causó que su madre re-agrupara sus tropas y sorpresivamente lanzara insultos seguidos hacia los sistemas auditivos de ambos, que iban desde «no haberle dado nietos» hasta reprocharles que «ella les había pagado todo en su vida, incluyendo sus primeros títulos pro-fesionales y el techo donde dormían». Estas frases repetitivas hacia ellos no acababan de ser inventadas por ella, eran temas recurrentes y usualmente escalaban la situación, ya que todos sabían que tenía un buen grado de veracidad y siempre los dejaba a ambos con un muy mal gusto. Así continuaron los dos ejércitos hasta que la batalla se convirtió en gestos y no en palabras. La ira del trío llegó a tal grado que Ernie solo perci-bía a los tres moviendo sus labios y emitiendo sonidos lejanos al castellano, como si estuviesen rodeados por un bullicio en-sordecedor que ocultaba las verdaderas frases que gritaban, dejando escapar una imitación a pantomima absurda del gran

Marcel Marceau. Al cabo de todos los insultos recibidos de sus hijos y luego del contraataque que ella lanzó, Dolores Fuertes aún no comprendió por qué el mundo era tan injusto y la dejaba llenar de gritos la sala de Ian durante aquella mañana.

Furioso y enardecido, Sebastián se levantó de su silla y se dirigió hacia la puerta de salida. Dicha puerta era el principal escape de una casa cuyo exterior estaba completamente deteriorado por la nostalgia. La estructura, llamada *Apartamentos Les Pérez*, era un edificio diseñado originalmente por el Ingeniero Ian Pérez-Fuertes y financiado por sus padres como regalo al haber aprobado la reválida de Ingeniería. Pero él nunca había rentado ninguno de los apartamentos a nadie. De hecho, el edificio nunca había sido habitado por otro ser humano que no fuesen Ian y Dalymar. Cuatro años atrás, justo antes de la muerte de Daly, la estructura tuvo la rigidez y la fortaleza necesarias para soportar un huracán tropical categoría cinco. Por dentro, los apartamentos eran modernos, bastante cómodos a la mirada, aunque lentamente se habían llenado de polvo y cualquier sabandija que ahora los llamaba hogar. Por fuera, alguna vez fueron nuevos, pero ahora lucían un tanto marchitos. Al mirarlos detenidamente, solo se veían los vestigios de un pasado solitario. La fachada externa vestía un limo verde con manchas negruzcas que rodeaban la mayoría del alero. La grama llegaba hasta las rodillas de cualquiera que osara explorarla y habitaban en ella casi tres batallones de insectos entrenados para atacar a los intrusos de aquel castillo derrotado. En su exterior guardaba un olor a humedad parecido al de la tierra esparcida en un envase repleto de hongos. Las paredes se veían rugosas, como si estuvieran compuestas de un papel maché con bordes cobrizos que, a primera vista, aparentaban ser globos de agua tallados al azar. Durante su diseño, el complejo de apartamentos tenía tres pisos para su alquiler. Desafortunadamente, solo se llegó a habitar el primer piso, en el cual vivía Ian. La presión de agua era bastante firme en el edificio, pero las paredes tenían más lluvia que una represa por colapsar. Las hiedras, por su parte, ya se habían ocupado de la parte posterior de la estructura y coqueteaban con la idea de subir hasta el techo para cubrir enteramente al complejo *Les Pérez*. Toda esta destrucción yacía alrededor del segundo apartamento, el #010b, enfrascándolo como a una nuez maltratada por el tiempo.

Llaves en mano, Seba presionó el botón derecho, encendiendo a la distancia su automóvil. Un empuje adicional al botón izquierdo de su llavero dejó libres los seguros delanteros de su coche. Una vez sentado en su asiento de cuero, se tomó poco más de sesenta y siete segundos en calmarse lo suficiente como para comenzar a manejar. Las cámaras de seguridad del edificio de Ian captaron su carro color rojo mientras se desvanecía en la distancia.

El carro estaba equipado con todos los pequeños detalles innecesarios, pero de lujo, que satisfacían a cualquier persona forrada de plata o, como la propaganda lo denominaba, «cualquier animal nocturno y racional». Mientras presionaba el pie derecho sobre el acelerador, Sebastián podía sentir cómo los 478 caballos de fuerza o 356.588 voltios se alborotaban dentro del motor de su coche con transmisión semiautomática. Primera, no-cloche; segunda, acelera; tercera, no-cloche; cuarta, luz roja; para, espera, no-cloche; primera. Milagrosamente, mientras manejaba, logró olvidarse de aquel último encuentro con doña

Mother. Por un breve instante, se sintió feliz hasta que, nuevamente, recordó la carta amenazante:

A vos le queda un año de vida

Al recrear aquella nota en su mente, su piel se puso aún más pálida de lo usual y la temperatura entre sus orejas subió a, exactamente, 38.3° Celsius. De forma progresiva sintió un sudor grueso sobre su frente, casi aceitoso, que se apoderó de todo su cuerpo, convirtiéndose en una fiebre rápida, espesa y progresiva. En cuestión de segundos sintió su pecho querer explotar con cada latido de su corazón. «Esto debe de ser un ataque de pánico», pensó, «¿o quizás es una arritmia, tendré fibrilación auricular?». Pero, mientras pensaba en su diagnóstico diferencial, sus pulmones continuaban tratando de evaporar cada molécula de ácido láctico que se amontonaba en sus venas. Sebastián sintió náuseas, mareos e inmediatamente se dio cuenta de que se iba a desmayar, todo esto mientras manejaba a aproximadamente 110 kilómetros por hora. Tal vez treinta segundos antes de desmayarse, Seba decidió estacionarse. Tan pronto se apartó de la vía principal, sintió que todo a su alrededor daba vueltas y su cuerpo flotaba frenéticamente en dirección opuesta al eje de la tierra. En una sincronía absoluta, sus venas asumieron funciones arteriales, tal y como si su sangre se rehusara al presente y buscara una forma de regresar al pasado. Sus pulmones dejaron de intercambiar dióxido de carbono por oxígeno y el ácido láctico continuó acumulándose exponencialmente. Seguido, tuvo una imagen de lo que bien podía ser una película basada en los últimos días de su aburrida vida, comenzando con una imagen de doña Mother gritándole y escurriendo palabras a través de sus dientes postizos, luego vio la cafetera y a Ian junto con sus moretones, repleto de sangre. Subsiguientemente, percibió el olor de las 15.75 cervezas que ingirió junto a *Sumujer* y *Suamante* en *El Bar del Murciégalo*, a la vez que recordó el sol matutino de París y su persistente manía de merodear por cada esquina de su apartamento. Finalmente, su memoria lo transportó al lado de su cama, después de observar por primera vez la nota clarividente de aquella persona que pretendía augurar eso que no debía haber forma alguna de anticipar. Flotando en los recuerdos de su recámara, sumergido a más de una semana del presente, Sebastián miró alrededor y observó cómo las imágenes de su vida se proyectaban sobre las paredes de su habitación. Parecían fracciones continuas, pero fugaces, de un pasado inoportuno. En la pared de su mano derecha revivió su primer cumpleaños y el beso de su primera novia. En la pared opuesta, viajó nuevamente a Aspen y a la cima de aquella montaña imponente, blanca, que alguna vez conquistó. En la otra pared pudo ver a su primer cadáver de la escuela de Medicina, a quien llamaron *Verónica*, cuyos oídos inertes lo habían escuchado por largas horas al recitar su anatomía, de pies a cabeza. En una esquina, un tanto desfigurada, pudo ver a Natalia y recordó lo grande de haberla querido. Por último, a sus espaldas, se vio nuevamente graduado de médico. A lo lejos, una voz masculina susurraba un mensaje continuo, proporcionando el mismo temor que sintió la primera vez que leyó la nota y que seguramente permanecería a su lado por siempre. Como si fuese una grabación repetitiva, esa voz y recuerdo era tan culpable e inocente por continuar leyendo aquel mensaje del cual no estaba seguro de poder escapar jamás:

A vos le queda un año de vida
A vos le queda un año de vida
A vos le queda un año de vida

Al abrir sus ojos, se encontró sentado detrás del volante en tiempo presente. Se despertó sudado y jadeando por aire a pesar de que su carro tenía el aire acondicionado al máximo. Se sintió un tanto enfermo, con náuseas, pero tenía suficientes fuerzas como para continuar conduciendo. Sebastián permaneció en su carro durante aproximadamente nueve minutos mientras pensaba en todo lo que había recordado. Posteriormente, se restregó la cara con ambas manos y comenzó de nuevo a guiar en dirección a su clínica.

♫♫Sexto

—Ave María purísima —dijo la joven con la cabeza agachada.

—Sin pecado concebida —contestó el cura detrás del confesionario.

—Buenos días, padre, he venido porque he pecado...

Violeta Vanessa Contreau solía confesarse mensualmente de forma puntual y le dejaba saber al padre Rodrigo todo lo que había hecho en cuerpo y alma desde su última visita. Sin embargo, durante aquella mañana, Violeta asistía, por quinta ocasión en lo que iba de semana, el confesionario. Esto se debía a que desde la muerte de su madre no había logrado borrar una espinita de odio que sentía por el mundo y por estar viva. Su reloj de mano marcaba las 11:05 a.m. cuando continuó su confesión.

—...Por haber pecado ayer. Es que tan pronto salí de misa sentí deseos de comerme un helado de vainilla, así que fui a la heladería de Marta y compré el más grande que vendían.

—Dígame, hija, ¿qué tiene eso de malo? —preguntó el padre con un tono desganado.

—Es que luego de que comencé a comerlo sentí esa rabia que se apodera de mí —Violeta hizo una pausa y secó su mejilla derecha, por la cual rodaba una lágrima.

—Continúe, hija —murmuró el padre.

La Srta. Contreau era una buena católica. A través de las rendijas podía percibirse el celaje de sus ojos, que rayaban entre una mezcla de café y verde menta. Sobre sus hombros reposaba gentilmente su oscuro cabello y en su rostro yacía una mezcla ingenua de lunares que se esparcían sobre su cara como llovizna de marzo. A sus 30 años era ferviente creyente de la religión católica-apostólica-romana y por esto se encontraba confesándose durante aquella mañana. Ella era tierna, sincera, muy genuina y bastante inteligente. Por alguna razón, a su edad continuaba soltera, pero no era porque no pudiera cosechar una relación concreta, sino porque no podía despejarse de ser el todo para su familia, específicamente para su mamá.

La familia Contreau había llegado a las costas de Puerto Rico por confabulaciones del destino. Su apellido tenía un ancestro común proveniente de Francia/España, aunque esto no implicaba que su origen fuese extravagante. El mismo fue creado por mera casualidad, similar a la mayoría de los apellidos existentes. La historia de este comenzó aproximadamente 452 años atrás en París, Francia, y tiene como protagonista al tátara-tátara-tátara-tatarabuelo de Violeta, quien era un hombre de muy pocos humores. Su poca paciencia se pudo observar en su máxima expresión durante el día en que, armado de sus dos puños, acribilló a golpes a un granjero por reírse de sus dientes maltrechos, en pleno medio del pueblo. Fue tal la tunda propinada que rápidamente se conoció por aquellos lugares como *Le Battement de Contró* ya que «Contró» era lo único que podía balbucear el malherido desde su cama después de tal paliza. Desafortuna-damente, los golpes recibidos por aquel muchacho no pasaron inadvertidos ante su familia. A pocos días del suceso, todos sus diecisiete miembros machos se armaron de nueve picos, tres hachas, doce palos y cada uno de los treinta y un cuchillos afilados que poseían para intentar destripar vivo al victimario. Para el tátara-tátara-tátara-tatarabuelo de Violeta, la exhaustiva búsqueda de la familia del pobre granjero fue una odisea que lo impulsó a hacer lo que cualquier ser humano hubiese hecho en la misma situación: huir. Y él huyó. Lo hizo con tal rapidez que no dejó huellas tras su paso y, luego de casi siete meses de fuga, montado en un caballo muy viejo, pero fuerte, llegó al norte de España, muy cerca del área que hoy es la costa de San Sebastián. Al pasar de los años consiguió galopar más hacia el sur, conociendo nuevos pueblos y aclimatándose cada día a la religión católica, lo cual lo hizo enamorarse más del área, hasta establecerse finalmente en Madrid durante muchos años. En la capital aprendió el idioma a la perfección y, con el objetivo de recalcar que no era un cobarde, sino un listo que deseaba sobre-vivir, mezcló su descendencia francesa con el motivo por el cual se marchó. Como resultado, creó su apellido: Contreau Ríos. Así pues, se encargó de falsificar con este nombre todos sus do-cumentos, en especial los que lo autentificaban como católico puro y nativo español. De esta forma empezó el origen de su estirpe y, muchos niños/niñas después, casi 110 años antes de la fecha actual, el tatarabuelo de Violeta decidió echar retoños hacia el Mar Caribe con la esperanza de volverse rico en aquel nuevo mundo llamado América. Ahora, a cuatro siglos y medio de *Le Battement de Contró*, Violeta se encontraba sentada, próxima a continuar con aquella confesión que resultaba interminable para el cura.

—Pues —prosiguió Violeta con su historia de pecado— estaba tan furiosa que decidí experimentar con la dureza del vaso que sostenía mi mantecado.

—Prosiga, hija —murmuró nuevamente el padre.

—Así que agarré la taza de helado y la restallé contra la pared.

—¡Hija! ¿Pero cómo, ante los ojos de la Virgen y Jesucristo, fuiste capaz de hacer eso?

—Lo siento, padre —dijo Violeta con los ojos próximos a desbordarse.

—¿Resultó alguien herido? —preguntó el padre Rodrigo con un tono más despierto y menos monótono que al comienzo de la confesión.

—No —contestó en voz baja, mientras otra lágrima rodaba sobre su mejilla izquierda.

—Violeta, que sea la última vez que te rebelas y menos con demostraciones de ira o de agresividad. Pudiste haberle causado daño a alguien y, de haber pasado, pudiste haber sido arrestada o Dios sabe qué otra cosa peor. —El padre pausó e inhalo 650 ml de aire adicional, que fueron necesarios para seguir con su reprimenda hacia Violeta—. Ahora tendrás que ir a la heladería de Marta, pagarle por los daños, pedirle muchas veces perdón y, como castigo, rezarte un rosario.

Violeta no titubeó. Volvió a pedirle perdón al padre, le prometió que nunca más lo volvería a hacer y salió de la iglesia con una sonrisa tenue que solo ella podía percibir. De igual forma, sintió cómo la culpa se desvanecía mientras salía de pagarle los daños a Marta y pedirle muchas veces perdón. La verdad era que a Violeta le encantaba rezar y más aún cuando tenía razones para hacerlo. Por tal razón, soltar un rosario adicional le parecía casi un regalo y no un castigo.

Desde que murió su madre, Violeta no tenía muchas ganas de hacer nada en su tiempo libre, se sentía triste, colmada de anhedonia. Una vez daban las tres de la tarde, recogía su cartera, sus libros y partía hacia su casa. Al arribar, ojeaba los mismos retratos colgados sobre las paredes, miraba uno que otro libro que había leído bastante tiempo atrás y se sentaba en la sala a observar pasar la tarde. Tanto ella como su mamá dejaban las persianas cerradas porque creían que las podían espiar desde el exterior para hacerles daño. Por tal razón, era muy cautelosa de por dónde andaba y con quién hablaba. Aquel día era el aniversario número 0.01916 de su muerte. Debido a esto, había ido al cementerio (en compañía de su rosario) para, juntos, rezarles en honor a su memoria.

Su madre se llamaba Rocío Costas y fue transportada al más allá a una edad próxima a los setenta. Violeta aún recordaba su esquela de muerte, que su hermano menor, Júnior, escribió en su honor.

<div align="center">~~~~~~*~~~~~~</div>

Rocío Costas de Contreau, madre, viuda y amiga. D.E.P.
Gracias porque supiste ser lo mejor de nuestras vidas. Tus consejos
de sabiduría y palabras de fe permanecerán vivos por siempre
en nuestros corazones. Estamos muy agradecidos porque Dios
nos regaló una vida tuya repleta de amor, entrega, compromiso
y, sobre todo, humildad. Madre, has dejado tu huella en cada

hebra de nuestro existir y fibra de nuestro futuro. Hoy te decimos en estas líneas que puedes descansar tranquila. Aquí, en suelo puertorriqueño, te amaremos eternamente. Hasta pronto.

~~~~~~*~~~~~~

Doña Rocío Costas de Contreau tuvo cinco hijos: tres niñas y dos varones. Los hombres se llamaban Júnior y Javier. Las niñas eran Violeta Vanessa, Rocío Liz y Alexandra. Quedó viuda a los 55 años, cuando su esposo murió de cáncer pancreático y no duró más de dos meses después de haber sido diagnosticado. Como puede deducirse de la esquela de muerte, ella se desvivió por ser una madre y esposa ejemplar para todos.

A pesar de lo unidos que estuvieron desde pequeños, Violeta solo conversaba casualmente con su hermano Júnior, ya que este era el único que vivía en San Juan. Sus dos hermanas se habían casado y mudado a la Florida, en Estados Unidos. Alexandra cuidaba a sus dos hijos mientras su esposo trabajaba vendiendo seguros de vida y Rocío Liz impartía clases a niños de escuela elemental, pero nunca tuvo hijos propios. Su otro hermano, Javier, se había dedicado a ser deportista desde pequeño, pero terminó con una lesión devastadora en su rodilla derecha durante la secundaria que lo llevó a olvidarse de cualquier sueño de ganarse la vida profesionalmente jugando baloncesto. Como resultado, siempre quedó insatisfecho en su vida y nunca se casó. Con mucho desdén trabajó en un banco como agente de préstamos y, por diversión, escribió pequeños poemas y cuentos muy cortos que nunca publicó, dejándolos congelados dentro de su computadora durante toda su vida. Con los años, su depresión por no llegar a ser deportista profesional se convirtió en malos
~~~~~~

hábitos y lentamente se volvió adicto a la comida. A los 36 años llegó a pesar más de 200 kilos y sus azúcares eran tan altos que las abejas podían alimentarse de su sudor como si fuese una llovizna de polen. Sin saberlo, desarrolló una enfermedad severa coronaria en las arterias de su corazón y un mal día se fue a dormir con dolor abdominal, creyendo que era indigestión, pero nunca despertaría, muriendo de un infarto cardiaco masivo. La familia lo lloró, doña Rocío vivió la pena de enterrar a un esposo y a un hijo en vida. Con el tiempo, las memorias de angustia de su madre fueron remplazadas por culpas. En esencia, ella se sintió por siempre responsable de nunca haberlo ayudado a superar su depresión y adicción por la comida, a pesar de que la falta no fue suya.

Su otro hermano, Júnior, era escritor de oficio, aunque también trabajaba como paralegal en un bufete de abogados para ganarse la vida. Como prosista, no muy famoso, sí había publicado algún que otro cuento en revistas pequeñas y un muy buen guion teatral que una compañía representó mientras estudiaba en bachillerato. Estaba casado y tenía una hija pequeña de tan solo siete meses de edad. Era mediano en estatura, inteligente, bastante amable y su pelo era tan blanco como su piel, a pesar de no tener muchas arrugas en su cara a los 40 años de edad. Cada año soñaba con dejar de trabajar en el bufete y dedicarse completamente a ser escritor, imaginando usar los cientos de ideas que había guardado en una libreta muy vieja con la esperanza de algún día publicar su primera novela. Desafortunadamente, los años continuaban pasando y los gastos lo obligaban a trabajar más fuerte como paralegal para sostener a su familia.

Justo después de la muerte de su madre, tanto ella como Júnior se habían distanciado. De hecho, estaban tan enfadados que preferían ni hablarse. Como era de esperarse, su hermano quería vender la casa de su madre para obtener el dinero de «su herencia» y poder perseguir sus sueños de convertirse en escritor famoso. Pero su madre le había dejado la casa, completamente, a Violeta como regalo, ya que ella siempre la cuidó y estuvo a su lado. Después de gritos y argumentos, era poco lo que Violeta quería saber de Júnior.

Quedando huérfana, recordó lo simple que era la vida cuando sus padres estaban con ella. Su papá, el señor Martín Contreau, siempre fue muy bueno con todos. Trabajó como contable hasta sus últimos días y proveyó como pudo para su familia. Un día, a los 55 años, se levantó y, al mirarse en el espejo, su piel no era blanca, sino amarilla. No sintió ningún tipo de malestar o dolor abdominal, pero todo su cuerpo, incluyendo sus ojos, parecían del color mostaza de una luna cuando está muy baja sobre el horizonte. Esa misma semana fue al médico y lo recluyeron de inmediato. En un par de días lo diagnosticaron con un cáncer de páncreas que se había esparcido por todo su cuerpo, desde su hígado hasta sus pulmones y su cerebro. Los oncólogos le ofrecieron varios cócteles de quimioterapia paliativa, pero Martín no quiso, ya que como mucho le darían un par de meses adicionales, pero enmarcados bajo sus indeseables efectos secundarios. Como resultado decidió no tratarse agresivamente y pasar la mayor parte del tiempo en su hogar, con su familia. Menos de dos meses después del diagnóstico murió casi instantáneamente de una embolia pulmonar masiva provocada por su cáncer mientras dormía junto a su esposa, Rocío, sin mucho sufrir.

A pesar de sentirse sola y sin mucho apoyo de la pequeña familia que aún estaba viva, Violeta sí lograba entretenerse a diario en su trabajo. Era una bibliotecaria a tiempo completo, de lunes a viernes, desde las 8:00 a.m. hasta las 3:00 p.m. El sueldo no era mucho, pero le fascinaba tanto la lectura y la organización detallada de libros que era como pagarle por disfrutar de su pasatiempo. Antes de la muerte de su madre, la Srta. Contreau solía llegar con una sonrisa a la biblioteca municipal y todos los días partía con una expresión de satisfacción sobre su cuello.

Para ella eran una maravilla los secretos ocultos detrás de cada portada de los cientos de miles de libros que la rodeaban a diario en la biblioteca. Casi a diario solía cerrar sus ojos y recordar aquel sueño que la motivó a enamorarse de la literatura por el resto de su vida, cuando tan solo tenía 14 años de edad. En el sueño estaba lloviendo de forma incesante y no paraban de caer gotas sobre la ventana de metal de su cuarto. Seguido, Violeta se levantaba, se colocaba sus chancletas y caminaba lentamente hacia la ventana. Una vez se asomaba y miraba a lo lejos, quedaba paralizada mientras observaba su casa, los árboles de mangó (y aguacates), los carros, las bicicletas y los postes de luz flotar sobre un mar espeso, repleto de letras blancas formando palabras, versos y sílabas. Suavemente, desde el cielo, caían veintinueve símbolos distintos capaces de realizar toda clase de permutaciones. Las letras se recombinaban, de forma continua, como serpientes de agua creando palabras y frases que, en su mayoría, componían múltiples oraciones. Intentó leer varias de estas líneas, pero mientras leía, las palabras desaparecían de su vista. Irónicamente, a lo lejos, pudo observar a millones de personas tratando de pescar aquellas letras, intentado agarrar alguna palabra que pudiera ser útil para expresar sus sentimientos. En su sueño no podía reconocer quiénes eran los pescadores, pero tenía la rara impresión de que eran escritores, poetas o novelistas, intentando rescatar de aquel océano de letras la perfecta palabra u oración que completaría sus obras. Violeta nunca olvidó las imágenes de sus caras, repletas de alegría.

Luego de aquel sueño, aquella versión mucho más joven de Violeta comenzó a visitar la biblioteca a diario. Leyó la *Crónica Anunciada de Nasar*, seguida de la *Víspera de Pirulo*, conoció acerca del ingenio de las *Babas de Satán* mientras devoraba *La Ciudad de los Espejismos (o de los espejos)* y memorizaba el gran *Poema Número 19 más 1*. En fin, de chica disfrutó del deleite de grandes genios latinoamericanos, que cargaron con su escribir el sentir de un continente. Por tal razón no titubeó ni un segundo al seleccionar como oficio aquel que le daba la oportunidad de invertir el día entero en contacto con los millones de pescadores que aún permanecían en sus pensamientos, intentando atrapar el fruto y la esencia de la vida en sus escritos.

Luego de salir de la heladería de Marta, a donde fue a pedir perdón, la Srta. Contreau caminó por la acera, contando las 123... 124... 125... grietas que aparecían a cada paso de su camino. Justo cuando el conteo marcó las 142 grietas, se cansó y comenzó a pensar en lo que cocinaría para su cena. Pasaron tres, cuatro y, al quinto carro, decidió aventurarse y cruzar la avenida. Justo antes de llegar a la otra acera se detuvo y sintió el aviso de su sistema auditivo, que auguraba el sonido desesperado de una bocina a 10, 4, 3 y 1 metro de distancia. Violeta giró 90 grados hacia su derecha y, al mirar, encontró un carro deportivo color rojo a casi 2 cm de su vestido negro. Realmente no se había percatado, pero se había lanzado a la avenida sin advertir la presencia de un sexto automóvil. A pesar de que no sufrió ni un rasguño, de igual forma recibió un susto descomunal. Su sistema parasimpático comenzó a actuar rápidamente y en cuestión de segundos no pudo controlar sus síntomas. Violeta intentó inhalar, en repetidas ocasiones, aquella mezcla de nitrógeno, oxígeno, vapor de agua y etcétera de gases, pero, al cabo de 15 segundos, sus pulmones se dieron por vencidos, sus latidos disminuyeron a 35 por minuto, su presión arterial colapsó por debajo de los 70 mmHg (sistólicos) y su cerebro envió la señal obvia de desmayo parcial. A las 11:35 a.m., la hija mayor de Rocío Costas de Contreau cayó desplomada sobre el pavimento. Sin saberlo, en aquella mañana de marzo, después de haberse desmayado, tanto Violeta como Sebastián renacerían.

∫∫Séptimo

Llevaba inconsciente, exactamente, 21 años. Desde aquel entonces nadie lo había querido pasear por su organismo, por sus pulmones ni menos aún por su sistema inmunológico. Nació, al igual que todos, del DNA de algún organismo al que suele habitar. Aunque, para nacer hay que vivir y ciertamente él nunca había sido considerado un ser viviente. La razón era obvia, tenía muy pocas características que lo ataban a la vida. No tenía metabolismo, ni se reproducía por sí mismo y, peor aún, no había medicina alguna para matarlo, solo podía eliminarse y controlar su reproducción, ya que no vivía. En fin, necesitaba de un huésped para coquetear con la vida. Su nombre común era Carlos, según fue nombrado por el conde de La Rioja para el año 1887. Este aristócrata era muy extravagante, así que bautizaba a su antojo a todos los seres, vivientes o no, que merodeaban por su palacio. Este virus no era la excepción, ya que había pertenecido a los pulmones más ricos y poderosos de Europa. Su pedigrí incluía a personajes como la reina Victoria de Inglaterra, su alteza la reina

Isabel II de España y hasta Napoleón Bonaparte, mientras fue emperador. En adición, durante las postrimerías del siglo XIX, su *curriculum vitae* tuvo la dicha de incluir a la gran familia del conde de La Rioja, que resultaba ser uno de los linajes españoles más prominentes para aquellos tiempos.

Mientras habitó en cada uno de los trece miembros de la familia, el catarro viral Carlos se encargó de inducir un toque diferente en cada uno de ellos. Para él era importantísimo aportar con su estadía al carácter de su anfitrión. Comenzó por la niña Sofía y, después de pulsear un poco con sus defensas, Carlitos se apoderó de cada fibra del sistema respiratorio de la pequeña. Como consecuencia, causó fiebres y dolor muscular en sus primeros días, pero luego de esa etapa, le dio la libertad de interaccionar con el mundo; la acompañaba por las tardes al lago, jugaba con sus hermanos y corría en bicicleta por la gran mansión. La parte más emocionante del día era cuando causaba un estado de apatía a la mayoría de las personas. Con el pasar de los años este virus se cansó, paulatinamente, de merodear por los cuerpos de cada miembro de la familia. A los seis años de haber comenzado con *El Maratón Viral de La Rioja*, el catarro cruzó su línea de meta. Su último anfitrión, el conde de La Rioja, fue el único que se percató de su larga estadía en la familia y lo bautizó como «*Carlos*». Una vez bautizado, decidió probar suerte en otros estratos sociales y se marchó como huésped de una cocinera que trabajaba para él.

Después de varios cuerpos inservibles, luego de habitar en personas siniestras repletas de malas costumbres y de manías, Carlitos arribó al colmado de don Juan Contreau por medio de la cocinera del conde. Era el mismo don Juan Contreau, tatarabuelo de Violeta, que decidió embarcarse para América. De esta forma aquel virus llegó al nuevo continente y, aunque nadie lo supo, fue el que causó la mayor influencia en la decisión de don Juan de largarse de Europa. Todas las noches, el virus, que se había apoderado de su lóbulo frontal izquierdo, hacía que el Sr. Contreau se levantara sudando en frío, repitiéndole que, si no zarpaba lejos, moriría pobre en su desconocido colmado de Madrid. Estas amenazas fueron más que suficientes para convencerlo. Los años pasaron y la familia fue creciendo hasta que entró a las puertas de Martín Contreau, junto con su esposa y cinco hijos. Increíblemente, pasó de pañuelo a superficie inservible, sin invadir a ninguno de sus miembros, hasta terminar en un pequeño abrigo de mujer que le perteneció inicialmente a Rocío Costas de Contreau, escondido muy profundo en el mismo.

Durante la tarde en que Violeta casi fue atropellada por un carro convertible, Carlos se encontraba en el bolsillo derecho del abrigo que la Srta. Contreau había heredado de su madre. A pesar de lo caluroso de aquella tarde, Violeta prefería el perfume del recuerdo de su mamá sin importar las gotas de sudor. Así pues, aquel catarro viral llevaba aproximadamente 7.670.25 días esperando a que alguien se animara a dejarlo entrar a su ser. La Srta. Contreau había estado muy cerca en varias ocasiones, pero algo siempre sucedía que impedía al catarro viral apoderarse de sus pensamientos, de su cuerpo y de sus sentimientos.

Al abrir sus ojos, Violeta se encontraba respirando un aire espeso con sabor a ceniza. El cielo estaba oscuro, más nublado de lo que había sido a penas treinta segundos atrás. De repente vio un celaje y, acto seguido, escuchó un: «¿Estás bien?, soy médico, puedo ayudarte». A pesar de haber sido en pleno español, lo único que Violeta descifró de aquellas dos oraciones fue la palabra médico. A la dama le tomó un par de segundos poder enfocar a aquella figura borrosa que le platicaba. Pero, una vez logró agudizar su vista, Violeta percibió un leve flujo de corriente sobre su cuerpo, que marcó la génesis de una ruta metabólica dentro de sus células. Recostada sobre el pavimento, sintió la invasión de aquellos ojos pardos que la estudiaban con detenimiento. La dama parpadeó en repetidas ocasiones con la esperanza de verlo desaparecer, pero nada sucedió. Aquella mirada de Sebastián estaba exponiendo a la Srta. Contreau a una radiación invisible, que penetraba profundamente sobre su piel. Como consecuencia, su epidermis comenzó a cambiar de color, adaptando así el contraste que toma la leche tibia ante el café colado. Violeta sintió una quemazón profunda y, al mirarse, observó lo cálido de su nueva tez. Al unísono, su cuerpo comenzó un proceso homeostático que tenía como objetivo tratar de contrarrestar aquel cambio y, de esta forma, por siempre permanecer idéntico. La realidad fue que nada de esto importó. Por más que sus venas trataron de evitar aquella conquista, ya el daño estaba hecho: la melanina en demasía había tomado control sobre su piel. Desde aquel minuto, Violeta se convirtió en otra. No tan solo físicamente, sino también de forma sentimental. A pesar de su depresión subclínica, la Srta. Contreau acababa de ser convertida en alguien más humano, a quien se podía amar y esperar recibir amor a cambio. El único detalle era que el cambio no podía ser percibido en su totalidad por las masas, ya que su color de piel permaneció idéntico, muy pálido, ante los ojos del mundo.

—¿Médico? —preguntó la Srta. Contreau, pero se dio cuenta de que en realidad la pregunta era innecesaria. Le daba lo mismo saber o no la respuesta.

Sebastián se acercó y tocó su mejilla. Al hacerlo, se percató de que estaba helada.

—Sí y podría llevarla a mi consultorio para mantenerla en observación o llevarla a la sala de emergencia para que la atiendan —dijo Seba pausadamente.

Violeta dijo que sí con su cabeza, pero, en cuestión de varios segundos, cerró los ojos nuevamente. Sebastián tomó su pulso y contó su respiración. Físicamente solo mostraba una herida superficial en su tobillo derecho como producto de la caída. Estaba seguro de no haberla impactado, pero, aun así, estaba sumamente preocupado por lo que pudiera sucederle si la dejaba en medio de la carretera. La calle estaba completamente desolada, a pesar de que eran casi las doce del mediodía. Dentro de sí, Seba sabía que la contestación a su pregunta de si «¿la debería o no traer y observar en mi oficina de Gastroenterología?» era obvia: «No, claro que no, llama a una ambulancia, llévala al hospital, no la lleves a tu oficina». Aun así, casi por instinto, decidió ignorar sus reflejos y hacer exactamente lo opuesto. Seguido, recogió su cartera y, levantándola gentilmente, logró colocarla dentro de su vehículo, en el asiento del pasajero.

De camino a su consultorio, Sebastián se cuidó, con excelente técnica, de no impactar ninguno de los cráteres que se rendían ante sus llantas. Al llegar a su oficina se estacionó y se detuvo a escuchar el silencio ensordecedor de aquel *tinnitus* agudo. Sentado detrás del volante tuvo la urgencia de admirar a Violeta.

Con el propósito de satisfacer su deseo, Sebastián rotó su cabeza sobre el eje vertical de su cuello, a 87 grados a favor de las manecillas del reloj y observó, detenidamente, a aquella desconocida que se encontraba paseando por el mundo de los sueños. Sus instintos de médico sabían que no le había causado ningún daño físico grave, pero prefería evitar una demanda innecesaria o, peor aún, ir a la cárcel por no proporcionarle sus servicios. Además, había algo en Violeta que le había llamado la atención desde el momento en que observó su mirada, algo tierno que le proporcionaba deseos de ayudarla.

Por dentro, su consultorio olía a nuevo, en especial porque se habían acabado de mudar hacía unos cuantos días. Aquella era la primera semana en la que estaban allí. Su interior parecía como sacado de una boutique italiana. El techo y las paredes eran blancos y el piso fue construido con lozas grisáceas cristalinas. Tenía tres cuadros posicionados de tal forma que ambientaban, gentilmente, la sala de espera. Al llegar, Seba abrió la puerta y entró sin mirar a Natalia, don Juan, María, Sra. Gutiérrez, Gabriel, Facundo, Miguel, Agapita Fernández, Dr. Avilés, Lola López, Ing. Valdés, Tomás, José, Arcadia Díaz, José, Elaine, Yary, Javier, Omar, Daniel e Inés. Pasó una, dos, tres y, a la cuarta puerta, decidió girar, extender su mano derecha y abrirla. La cuarta puerta pertenecía a la recámara de observación en donde, además, tenían varias sillas de ruedas en caso de emergencias. Una vez agarró la silla, salió y rebobinó la escena de entrada, ya que ignoró a Inés, Daniel, Omar, Javier, Yary, Elaine, José, Arcadia Díaz, José, Tomás, Ing. Valdés, Lola López, Dr. Avilés, Agapita Fernández, Miguel, Facundo, Gabriel, Sra. Gutiérrez, María, don Juan y Natalia... nuevamente.

A juzgar por su incapacidad de abrir los ojos, Violeta aparentaba estar completamente exhausta. En realidad, era un tanto preocupante que no pudiera mantenerse despierta después de haberse desmayado. En especial porque no estaba fingiendo su estado de conciencia, realmente su cuerpo no respondía. Sebastián la colocó sobre la silla de ruedas con la delicadeza con la que se coloca una mariposa sobre los dedos de un niño. De forma calmada, la entró a la recámara de observación y la colocó sobre una camilla reclinable que quedaba en una esquina de la habitación.

Nata no tardó en llegar. Tan pronto vio a Violeta, haló a Seba por el brazo y le preguntó: «¿Quién diablos es esa?» Sebastián ya sabía de antemano que a Natalia no le iba a agradar la historia de que casi mataba a una mujer desconocida y que, debido a esto, tuvo que darse a la obligación de asegurarse de que nada le sucedería, más aún cuando, para lograr esto, se llevó a la dama casi inconsciente a su clínica, en vez de llamar a emergencias médicas. Incluso antes de comenzar a contarle, durante los cuatro segundos de silencio que hubo entre el «esa» de Natalia y el futuro «cálmate, Natalia, lo que pasó fue...» de Sebastián, el Dr. Pérez-Fuertes sabía que lo iban a dejar derechito por: haber llegado tarde y no saludar al entrar, además de haber traído a una desconocida que por poco había atropellado. Aunque, «a lo hecho, pecho», pensó Seba, y comenzó su historia manipulada de la verdad.

—Cálmate, Natalia, lo que pasó fue que Ian me llamó esta mañana tempranito, mientras venía de camino para acá de la oficina del asegurador porque, supuestamente, se había caído en la bañera. Pues, ya tú sabes que la familia es primero, como siempre dices, así que fui y lo curé, pero, de regreso, para mi bendita suerte, Mother llegó y nos dio lata a ambos, así que me largué del apartamento de Ian repleto de furia, como alma que lleva el diablo. De camino nuevamente para acá, una dama, *esa* —Sebastián señaló hacia Violeta—, se apareció de forma suicida ante mi carro y casi la atropello. Afortunadamente, pude frenar a tiempo y no la impacté, pero de todas maneras me la traje, justo después de pedirle permiso, para observarla por varias horas y así evitar más problemas con los aseguradores.

—¿Y cómo está? —preguntó Natalia.

—Pues no sé —dijo Seba—. Estoy seguro de que no tiene ninguna lesión física, a excepción de la laceración en su tobillo, pero, aparentemente, su sistema nervioso no ha superado el ataque de susto y el *síncope vasovagal* que causó el desmayo.

—No me importa cómo está ella, sino ¿cómo está Ian, tu hermano? —respondió fuerte y rápido Natalia, con indicios de furia en su voz.

—¡Ahhhh! Ian se encuentra bien. Le curé unas cuantas heridas superficiales, le cogí seis puntadas de mariposa en el labio inferior derecho y otras cuantas suturas de seda en varios lugares adicionales. También le di unos antinflamatorios orales y relajantes musculares para bajar la hinchazón de los golpes. En lo personal, a mí me pareció que le dieron una paliza por algún lío de faldas, porque en ese apartamento había un olor insoportable, muy fuerte, a mujer mezclado con sangre.

Natalia sonrió por varios instantes, mientras recordaba el olor a Daly del apartamento de Ian, aunque no le duró mucho el momento de paz ya que, al voltearse, recordó que había una mujer recostada, bastante atractiva, sobre la camilla de la recámara de observación.

—Ni siquiera te voy a decir lo que tienes que hacer. Es más, en caso de que tu cerebro se haya ido de vacaciones, esa mujer que has traído no ha firmado ningún tipo de consentimiento para que la trajeras aquí o para que la atiendas médicamente; así que, como quiera, podría demandarte. Pero ¿qué estoy diciendo? Ya tú sabes eso, tú eres experto en demandas. Mejor, colócate tu bata blanca y comienza a atender pacientes, que hay una lista de espera de diecisiete personas. Yo le digo a las enfermeras que le abran un récord médico, le cojan signos vitales y así, al menos, nos aseguramos de que estés un poco más cubierto en caso de que algo esté mal con esta mujer desconocida. —Seguido, Natalia cerró la puerta y salió de la habitación.

Sebastián acató la orden de su jefa/mejor amiga y se colocó la bata médica. A pesar de que sabía que sus enfermeras podían cogerle los signos vitales, decidió examinarla y hacerlo él mismo antes de comenzar a ver pacientes. Estetoscopio en mano, caminó hacia la camilla en la que se encontraba la Srta. Contreau-Costas. Al llegar, encontró a su enfermera, Tatiana, parada junto con la máquina de signos vitales. «Gracias, Tatiana, yo me encargo de esta paciente, podrías poner a la próxima persona en un cuarto de examen», dijo Sebastián. Una vez solo, extendió su mano con el objetivo de palpar su pulso y notó que marcaba constantemente la cifra de sesenta latidos por minuto. Subsiguientemente, extendió su estetoscopio y lo colocó sobre el pecho de su paciente; la respiración sonaba normal, el corazón se escuchaba fuerte y sin ningún soplo aparente. Examinó su cabeza y no vio ningún tipo de golpe o sangrado que necesitase imágenes tomográficas. Le tocó la mejilla y sintió sosiego ante el contacto de su calor. Luego le tomó la presión arterial: 110/70 mmHg y sus respiraciones, 16 por minuto, llegaban a una saturación de 99% de oxígeno (sin ningún tipo de suplementación). Todo lo referente a sus signos vitales era bastante reconfortante. Acto seguido, Sebastián cogió el teléfono de la oficina de observaciones y llamó nuevamente a Tatiana para que le escribiera los vitales en su récord médico (tal y como Nata le había sugerido) y así pudiera documentar la visita.

—¿Cómo se llama y cuál es su fecha de nacimiento? —preguntó Tatiana, su enfermera.

—Pues no sé todavía, llámala Juana Fulana, fecha de nacimiento 1/1/1991 —contestó el Dr. Pérez-Fuertes, reconociendo que era un tanto absurdo que aún no tuviese idea alguna de quién era ella.

Tan pronto enganchó el teléfono, Violeta abrió los ojos, causando una reacción atípica en la piel de Seba. Sebastián presintió el calor de ella durante el recorrido sobre su ser; cómo se extendió por su mano derecha, pasando por su codo hasta arribar al cuello, donde se dividió en dos hemisferios. La ráfaga de calor que se subdividió hacia la parte rostral de su torso se encargó de esparcirse por cada espacio dentro del consciente y subconsciente de Sebastián. Por otra parte, la ráfaga que se esparció por el hemisferio caudal de sus pies bajó por la vena yugular interna y encontró la entrada hacia su corazón, donde se esparció por su ventrículo derecho hacia sus pulmones, mezclándose con oxígeno, hasta arribar a su ventrículo izquierdo y salir por su aorta hacia el resto de su cuerpo. Una vez aquel calor tomó control de su ser, Violeta volvió a cerrar los ojos y cayó, nuevamente, rendida.

Sebastián quedó mudo, pero de igual manera intrigado por aquel puñado de sensaciones. Varios segundos después buscó su maletín de primeros auxilios y curó la herida del tobillo de la Srta. Contreau, a quien todavía no conocía. Luego la arropó y se dirigió a su oficina. Posteriormente, una de sus enfermeras la atendió y se encargó de vigilarla por el resto de la tarde.

«Próximo», se escuchó en la recepción. Paciente que iba, paciente que venía. «Próximo. Estreñimiento, subir la dosis de aquella medicina tan poco eficaz». «Próximo. Sangrado de hemorroides, nada serio por lo que se deba preocupar, aumente la fibra y póngase este esteroide alrededor de donde le duele más». Así continuó la tarde, uno tras otro los vio entrar, pasar y seguir con sus vidas. Sólo uno de los pacientes le llamó la atención, aquella joven que siempre lo hacía. Se llamaba María y tenía 20 años. Fue diagnosticada sorda por causas congénitas, pero su estado del habla audible era sumamente cuestionable; en especial, si ella decidía elegirte. «Buenas tardes, doctor», dijo María al Dr. Pérez-Fuertes sin mover ni un solo segmento de sus labios o sus manos. Era tan inaudita la situación que aún la madre, quien estaba sentada a su lado, no podía escuchar ni una sílaba de la conversación. Debido a esto, a Seba no le sorprendió cuando la madre comenzó a contarle cómo María se había sentido durante estos últimos días, sin ningún tipo de exaltación por haber escuchado a su hija sorda hablar a voz alta. Como parte de la escena, se veía a la joven hacerle señas a su madre y, posteriormente, se observaba a la mamá traducirlas. A Sebastián no le extrañaba la situación, principalmente porque ya la había atendido anteriormente. Padecía una enfermedad llamada *Crohn*, que es un problema de inflamación crónico gastrointestinal.

—¿Cómo estás, María? Me imagino que debes de estar cansada de esperar por mí —dijo Sebastián con signos de amabilidad.

La madre comenzó a hablar, pero, a la misma vez, Sebastián escuchó a la joven decirle:

—Esperé mucho, pero no se preocupe, haber recogido a Violeta estuvo muy bien de su parte y pronto verá que valió la pena.

«¿Violeta?», pensó Sebastián, «¿será ese el nombre de ella? ¿Y cómo lo sabe, será posible que la conozca?» El médico eligió no preguntar, sabía que no le contestaría de viva voz y, peor aún, pasaría por insolente ante su madre. Por tal razón, verificó sus laboratorios de sangre, hizo apuntes de los síntomas descritos mediante su mamá/interprete y, finalmente, le recetó un nuevo medicamento inmunológico que la enfermera le inyectaría antes de irse para intentar bajarle la inflamación de sus intestinos. A pesar de que no conversaba con mucha gente, cuando María hablaba como si estuviese usando su laringe, sus palabras infundían un aire raro sobre su receptor. En realidad, era un tanto escalofriante, ya que la gente con la que se comunicaba no la veía mover sus labios o hacer señas, sencillamente la escuchaban en sus mentes. Como consecuencia, nadie opinaba, era un secreto a voces que todos preferían omitir; en especial, porque a ninguna persona le gustaba sentirse como un demente que escuchaba voces de donde era científicamente imposible que salieran.

El Dr. Pérez-Fuertes acabó de atender a todos sus diecisiete pacientes a las 4:55 p.m. Justo después le dio las gracias a Natalia y al equipo por el día de trabajo. Seguido, se quitó la bata, su estetoscopio y pasó por el cuarto donde estaba Violeta. Al entrar sintió mucho frío, así que colocó sus manos dentro de sus bolsillos, respiró hondo y se acercó a ella.

—Violeta —dijo el doctor, mientras miraba a su mano derecha, que llevaba una pulsera con su nombre, afirmando lo que María le había dicho.

Ella despertó y por primera vez dijo más de una palabra.

—¿Dónde estoy? —preguntó medio asustada y con voz de dormida.

—Soy el doctor que la recogió en la calle y ahora estás en mi consultorio, después de que te desmayaste. ¿Recuerdas algo de lo que pasó?

Violeta movió su cabeza, muy poco, de forma diagonal, dejándole saber a Seba que no estaba segura de si recordaba su cara o si su memoria le estaba narrando un sueño.

—¿Quién es usted de nuevo? —preguntó la dama.

—Mi nombre es Sebastián, soy el médico al que casi causas atropellarte —contestó mientras sonreía.

La Srta. Contreau permaneció callada mientras trataba de registrar la última oración que Sebastián acababa de pronunciar.

—Perdone, pero recuerdo todo como en pedazos. Aunque probablemente sea porque me golpeé la cabeza —Violeta pausó nuevamente, se humedeció los labios y prosiguió—: ¿Lo conozco? ¿Cómo sabe mi nombre? Le pido mil disculpas y ojalá que el Señor le pague todo lo que ha hecho por mí. Realmente, no me di cuenta de que crucé la calle sin mirar, solo la Virgen y los Santos sabrán qué pudo haber sucedido si no hubiera sido por usted.

—Tuvimos mucha suerte de que nada sucediera. Sólo tuviste una laceración en tu tobillo y ya me encargué de curarla apropiadamente. En cuanto al desmayo, fue probablemente producto de una pobre ventilación por el susto, seguido de un desvanecimiento *vasovagal*, pero no tienes ninguna protuberancia o signos de golpe en la cabeza, así que podemos descartar algún daño adicional. Por el momento, asegúrate de descansar y de tomarte los sedantes que te daré. La consulta y el cuidado son ambos gratuitos. Y tu nombre, pues te acaba de delatar tu pulsera, con un «Violeta» muy lindo escrito en cursiva.

Violeta sonrió, le agarró la mano y la besó como si fuera el papa XXIII. A Sebastián le agradó el gesto, le devolvió la sonrisa y le acarició la cabeza como si fuera una niña. Aparentemente, ella recordaba casi todo, estaba esencialmente ilesa y, por ende, Seba se acababa de ahorrar cualquier tipo de repercusión en su contra. Interesantemente, él no creía haber visto su pulsera hasta hacía un par de minutos atrás, justo antes de despertarla, pero pensó que tal vez se imaginó su conversación con María y su subconsciente realmente sí había visto y luego olvidado la pulsera de su acompañante, que delataba su nombre.

A pesar de que ella insistió en llamar a un taxi para que la buscara, Sebastián la convenció de llevarla a su casa. Al montarse en el carro, ambos sentían una unión difícil de explicar. Él conversó al principio del trayecto y Violeta continuó, por su parte, de la mitad de trayecto hasta su casa. Hablaron de todo excepto de su pasado. Fue como si hubieran comenzado una conversación de dos individuos que no tienen recuerdos tristes, sino un presente alegre por continuar. Cuando llegaron al frente de la casa de Violeta, ninguno de los dos se atrevió a terminar con la conversación. Sentados en el carro, hablaron de libros y datos interesantes, conversaron de mitos e historias casuales. Se dijeron sus pasatiempos junto con algún que otro recuerdo, hasta que el reloj marcó las 9:51 p.m. En ese momento, la Srta. Contreau se dio cuenta de que tenía que retornar a su casa, ya que nunca acostumbraba a estar hasta tan tarde en la calle. Violeta miró a Seba y le dijo:

—Bueno, gracias por haberme perdonado la vida esta tarde. —Pausó y los dos sonrieron—. Pero gracias, sobre todo, por haberse preocupado por mí, a pesar de que no me conocía. ¡Qué Dios le bendiga mucho!

—No se preocupe, fue todo un placer —dijo Seba desde el asiento del conductor—. En realidad, me alegra que esté bien.

Mientras ella abría la puerta, Sebastián miró hacia abajo y dejó escapar la pregunta obvia que llevaba atormentándolo desde la mitad del camino.

—¿Sería posible volver a verla, no de forma caótica e inesperadamente médica? —preguntó Seba, mientras su cara reflejaba un brillo de nerviosismo y una voz asustada.

Violeta pausó, se quedó callada y Sebastián comenzó a sentir la urgencia aterradora de querer ser tragado por la tierra. Acto seguido volvió a hablar y dijo:

—Digo, si no hay problema. Mañana es sábado, así que pensé que sería un buen día para ir a dar una vuelta por el Paseo de la Princesa, si es que te sientes mejor. Prometo no atropellarte.

Bien sabía el Dr. Pérez-Fuertes que lo más recomendable para Violeta era descansar. De hecho, él mismo le había recomendado eso en su consultorio. La Srta. Violeta Contreau, por su parte, permaneció muda y reflexiva. Así que, tan pronto hizo la invitación de ir de paseo al día siguiente, Seba sintió cómo las urgencias por desaparecer de aquella escena crecían exponencialmente. Claro está, todos estos sentimientos desaparecieron al escuchar aquella dulce voz, que permanecería en sus oídos por el resto de la noche.

—No sé, tal vez sería bueno si yo fuera a dar un paseo mañana sábado, como a las 11:00 a.m., y, sorpresivamente, me encuentro con alguien. Así podría respirar aire fresco y le dejaría algo al destino para que me adorne la tarde —respondió Violeta con buen humor.

—Entendido, quizás yo haga lo mismo mañana a la misma hora entonces —respondió Sebastián.

Posteriormente, ambos sonrieron y se dijeron adiós. A pesar de que ninguno se había tomado la molestia de preguntarse el apellido, los dos partieron felices, ya que esto les daba algo para conversar en su próxima cita.

∫∫Octavo

Fue durante el invierno de los años aciagos cuando Samuel Luis Pérez conoció a Dolores Fuertes. Por aquel entonces Samuel era un joven soldado que se había alistado desde los 18 años en el servicio militar. Nunca recibió ningún tipo de educación formal. De hecho, ni siquiera terminó la escuela secundaria antes de registrarse en el ejército americano. A los 15 años se fue a trabajar en los muelles de San Juan para mantener a su familia, hasta que fue lo suficientemente mayor como para cargar su uniforme y un par de botas. Afortunadamente para él, su educación táctica fue buena y adecuada, a pesar de que tuvo que trabajar como una mula para llegar a ser «alguien» dentro de la milicia. Comenzó como el plancton, abrillantando pisos con su cepillo de dientes, sirviendo de alimento desde lo más profundo de la escala evolutiva. Luego utilizó su cepillo de dientes para limpiar los inodoros y posteriormente hizo lo propio con los millones de trastos de la compañía. Limpió tantas superficies inútiles con su cepillo de dientes que, con el tiempo, Samuel llegó a ser tan diestro con el mismo que se convirtió en la única persona, viva o muerta, capaz de utilizarlo para comer, cocinar, bañarse, flotar, escribir, enhebrar, sentarse, pensar, peinarse y, cuando tenía tiempo, hasta abrillantar sus dientes. A pesar de sus numerosas y extravagantes destrezas cepillísticas, no fue hasta que el soldado raso Pérez comenzó a realizar tareas sin utilizar su cepillo dental cuando empezó a ganarse el respeto dentro de su compañía militar.

Durante su primer año como soldado, Samuel logró permanecer bajo guardia del batallón durante 72 horas sin dormir o probar bocado de comida, sobreviviendo a expensas de agua. Un mes más tarde se ganó una medalla por tiro con rifle al registrar las mejores marcas de toda la compañía. Esto, junto con el hecho de que era sumiso, obediente y eficaz en sus tareas, logró agradar mucho al coronel Morales-Borrero, líder de la tropa de Samuel. Así que, cuando tuvieron que salir a su primera misión de batalla secreta en América Central, este lo eligió como uno de sus principales soldados para organizar el ataque.

En Centroamérica su escuadrón hizo todo cuanto estuvo dispuesto a lograr sin hacer muchas preguntas. Para aquel entonces, el mundo de la guerra se vivía sin muchas repercusiones o consecuencias. Esto era cierto tanto para el ejercito norteamericano como para todos los países con buena inteligencia militar y capacidades técnicas. Así pues, no fue muy conocido que detonaron bombas en instalaciones de espías, las cuales en realidad terminaron siendo escuelas o alguna que otra casa que refugiaba a niños inocentes. Los francotiradores acabaron con objetivos importantes y asesinaron a decenas de personas con tal de continuar dominando a aquellos países «subdesarrollados». Como dije, eran otros tiempos de guerra. Al final de la misión ascendieron a Samuel L. Pérez a sargento y luego le dieron una medalla al valor por haber salvado con su rifle a tres soldados que fueron atacados por el enemigo antiamericano. De forma acelerada, este joven militar estaba teniendo una brillante carrera en la milicia y fue justamente por ese tiempo cuando la madre de Sebastián Luis e Ian Samuel lo conoció.

Cecilia Beltrán, Ceci, era la mejor amiga de Dolores Fuertes. Ambas crecieron juntas y estudiaron en el mismo salón de clases, hasta graduarse de la escuela secundaria. Ellas eran como arena y mar. No existía evento social al que no asistieran juntas. Dos meses después de haberse graduado, la Srta. Fuertes recibió una visita de la Srta. Beltrán.

—Hola, chiquita, ¿cómo estás? —preguntó Ceci.

—Estoy bien, pero bien, bien aburrida.

—Dolores, tengo la solución para que se te vaya de la cabeza ese aburrimiento y créeme que te va a encantar.

Dolores sintió emoción. La última vez que había salido con Ceci conoció a Marcos, un joven vibrante que casi la llegó a besar, a pesar de que no volvió a verlo después de esa noche. Así que, sin tan siquiera preguntar hacia dónde iban, aceptó la invitación. Lo último que escuchó de Cecilia antes de cerrar la puerta de su casa fue: «Vístete como si fuéramos nuevamente al baile de graduación».

Dolores hizo bastante caso a la última sugerencia y se maquilló meticulosamente. Con cada pincelada sobre su rostro se cuidó de no dejar ni una arruga. La plancha hizo lo propio sobre su vestido largo, color negro, y peinó su cabello con un nudo sencillo, pero elegante. Su traje llevaba un escote ligero y su espalda quedaba al descubierto hasta poco antes del comienzo de su cintura. El resto del vestido se encargaba de recorrer estrechamente su silueta hasta llegar a sus muslos, separando su pequeña figura desde sus pantorrillas hasta sus pies.

Luego de haberse maquillado y vestido, Dolores se puso 0.15 onzas de su perfume favorito sobre su piel, mientras colocaba todo su empeño en no despertar a nadie para que no se enteraran de que iba a salir sin permiso. A las 8:02 p.m. Dolores ya estaba fuera de su casa. Al salir utilizó la puerta trasera, ya que nadie la cerraba con llave por costumbre de buena vecindad. Sabía exactamente a dónde dirigirse ya que, junto a Cecilia, tenía un punto de encuentro común para estas escapadas. Una vez llegó al quinto árbol de mangó junto al parque de la esquina, susurró «Ceci» y esperó hasta escucharla.

—Estoy aquí —respondió Cecilia, vestida de azul.

—Oye, pensé que no habías llegado —dijo Dolores un tanto emocionada—. ¿A dónde vamos?

—Vamos «p'alante y pa' viejas», pero no preguntes, solo sígueme —dijo.

Las dos chicas se dirigieron solas por aquel camino desierto. Mientras caminaban, las vigilaron las estrellas, tres cucubanos y unos cientos de ranitas coquíes que gritaban de alegría «cuánto amaban la noche». A 0.7 km de su destino final escucharon por primera vez los indicios de fiesta.

Desde la calle, la casa a la que se dirigían parecía salida de una película. Tenía dos pisos y su arquitectura emulaba a la de un piano construido de cal, piedra, arena y cemento Ponce, al igual que la mayoría de las estructuras edificadas en Puerto Rico por aquel tiempo. La imponente estructura estaba pintada de color crema claro. Desde sus afueras se notaba su magnífico estado de cuido. Su jardín era meticuloso y adornaba el redondel de la casa con piedras inmensas y una gran fuente a los pies de la entrada. A lo lejos se escuchaba música proveniente de su interior, la misma era suave, pero adecuada para bailar. La mansión tenía al menos veinticinco ventanas desde el ángulo en el que Cecilia y Dolores se encontraban. Cada una de las persianas chorreaba una luz blanca que, junto con varios suspiros y sonrisas casuales, propiciaban una buena antesala a la fiesta.

Luego de llegar al frente de la casa, la pregunta no era si debían de entrar o no. Realmente, la pregunta era cómo evitar que su encanto no las succionara, una vez cruzaran por aquella puerta entreabierta. Las chicas, inicialmente, titubearon para entrar, hasta que Cecilia agarró a Dolores por la mano y emprendió el recorrido hacia la entrada de aquel piano festivo. Adentro todo era *Baile, Botella y Baraja (BBB)*, lo cual era una vieja teoría de colonización, basada en que un pueblo entretenido no suele rebelarse en contra de su amo. Por supuesto, todos los puertorriqueños dentro de aquella fiesta estaban lealmente hipnotizados.

Al entrar, nadie, ni siquiera un mozo, les exigió credenciales o invitación alguna. A vuelo de pájaro se podían calcular treinta y cuatro mesas redondas con manteles blancos, de seis sillas cada una. Además, se podía observar que estaban bailando doce parejas en la pista central y dos justo al lado de sus mesas. La mayoría de las personas ni se fijaron en la entrada de las dos chicas. A pesar de que no conocían a nadie, no se dejaron intimidar. Con mucho esfuerzo, pero muy poca vergüenza, Cecilia y Dolores actuaron como si hubieran sido invitadas a la fiesta y se acomodaron en una de las dos mesas que estaban completamente vacías.

Una vez sentadas, fue evidente el motivo del festejo. Ambas acababan de entrar en una celebración para militares acabados de arribar de batalla. Entre tantos soldados y medallas sobre sus pechos, se encontraban cada uno de los sabores militares, desde sargentos y soldados rasos, hasta coroneles, enfermeras y generales. En medio de aquella marea de desconocidos, las damas solitarias permanecieron inmóviles en sus asientos por un largo tiempo, hasta que veinte minutos se convirtieron en una larga y espesa espera. Sin darse cuenta, mientras más aburridas estaban, comenzaron a conversar a voces muy bajas.

—Cecilia, me estoy aburriendo —susurró Dolores mientras fingía una sonrisa ventrílocua.

—Lo sé, yo también. Vamos a ver si alguno de estos *pajuatos* se atreve a sacarnos a bailar, si no, pues buscamos a ver si podemos tomarnos unas copas, aunque sean de agua.

Un cuarto de hora después, el plan no iba yendo de maravilla. No solo permanecían sin haber sido sacadas a bailar, sino que ni tan siquiera se atrevían a pararse a buscar bebidas. Lentamente, se sentían encarceladas en sus propios trajes de gala, sin esperanzas de disfrutar la fiesta descomunal que sus ojos presenciaban.

—Buenas noches —dijo un hombre por encima del hombro de ambas.

Al voltear, se encontraron con un soldado moreno, vestido de oficial, que medía como dos metros de altura. Era un hombre de complexión fuerte, con la barbilla pronunciada y una cara tan ancha que parecía más un perro amaestrado que un soldado militar. Tenía ojos café y su poco pelo negro se divisaba, a duras penas, por encima de su frente ceñida. Justo en su entrecejo aparecían los indicios de una nariz achatada, que colgaba sobre su rostro como si estuviera ubicada fuera de sitio. Las chicas sintieron emoción, no por la hermosura de aquel galán *perruno*, sino porque tal acción daba indicios de que no eran transparentes ante el ojo humano. Para dicha o desgracia, aquel hombre corpulento no andaba solo. A varios centímetros de su hombro derecho se podía divisar la imagen de un soldado no tan alto y con cara de total intimidación ante la presencia de las damas.

—Mi amigo y yo somos soldados y estamos celebrando la llegada de nuestro escuadrón de combate —dijo el soldado de nariz ancha y puños gruesos—. Estábamos sentados en la esquina izquierda del salón y nos preguntamos cómo es posible que dos chicas tan bellas como ustedes estuviesen solas. —Las muchachas sonrieron.

—Pues, en verdad, estábamos esperando a dos caballeros que se nos acercaran y nos invitaran a bailar una pieza —dijo Cecilia con un tono seductor y ojos diminutos.

Dichas palabras detonaron una gran emoción dentro del pecho de los soldados. De hecho, fue tan grande la misma que, sin tan siquiera pensarlo, el oficial con frente ancha extendió su mano, diciendo: «Pues aquí hay dos caballeros dispuestos a tratarlas como princesas esta noche».

Acto seguido, Ceci partió a la pista de baile con el soldado desconocido y Dolores se quedó sentada junto a aquel otro hombre que, de primera intención, parecía mudo. Tenía la piel color canela y cachetes pequeños, muy flacos y huesudos. El pobre soldado no podía parecerse más a un triste lagartijo escurrido. Tanto los brazos como su pecho eran pequeños, muy distintos a los del «bulldog» pareja de baile de Cecilia. El muchacho sentado al lado de Dolores tenía los dientes derechos y ordenados, con un brillo muy blando justo detrás de sus labios. Por debajo de su nariz nacía una franja que aparentaba insinuar las etapas incipientes de un bigote frustrado. Su cabellera era castaña y conservaba en ella algunos rizos dorados, incitados por el sol. En definitiva, tanto su aspecto como sus gestos reflejaban que estaba lo suficientemente nervioso como para comenzar una conversación.

—Ho, jum, Ho-la, me llamó Samuel —dijo tartamudeando el lagartijo escurrido para la sorpresa de todos, incluyendo la de este narrador.

—Hola —respondió Dolores igual de sorprendida.

—En realidad, no soy muy bueno para estas cosas, pero soy todo un caballero y me, me, me gustaría sacarla a bailar. Como le dije, mi nombre es Samuel, mucho gusto —dijo con un tono sincero.

A pesar de que dijo esto, el hombre no hizo ningún movimiento como para sacarla a la pista, razón por la cual Dolores tuvo que tomar acción, sino iba a permanecer sentada y sin pareja de baile por el resto de la velada ya que, de seguro, la presencia del tal «Samuel» le ahuyentaría a cualquier otro pretendiente.

—Pues vamos y bailemos. —Dolores Fuertes extendió la mano y sintió por primera vez, en sus 18 años, el calor de un hombre que en realidad valía la pena.

—Seguro —respondió Samuel y la guio hacia la pista de baile.

El Sargento Samuel L. Pérez estaba vestido de oficial y llevaba puestos los molestosos broches que alguna vez sintió su futuro hijo, Sebastián, en la reproducción somnífera de este momento.

Mientras bailaban, él respiraba su perfume al tenerla entre sus brazos. Contempló su mirada y tierna sonrisa, percibió el roce de sus dedos y suaves caricias. La noche fue mágica, tanto que podía jurar estar flotando, sin tener idea de a cuántos centímetros se encontraba sobre el suelo. «¡Qué mirada!», pensó Samuel, «es toda una princesa». Ella tenía una figura muy delicada, su tez era un tanto bronceada y sus ojos estaban enmarcados por dos pares de pestañas voluminosas. La dama llevaba un perfume exquisito, olía a orquídeas surtidas de fragancia a placer de mujer. Su cuello era único y estaba adornado por un tenue lunar que servía de preámbulo al delicado collar púrpura, con detalles plateados, que colgaba tiernamente sobre sus hombros. La pista estaba empapada de brillo y la noche no daba indicios de terminar. La música permaneció tocando durante largas horas, el salón continuó girando al unísono, mientras el cuerpo de Samuel experimentaba los síntomas apremiantes del amor al inundar el corazón de un hombre solitario. Así continuó todo, hasta que el reloj marcó las 11:51 p.m. En aquel preciso instante, Dolores se acercó a su oído y le susurró:

—Me tengo que ir, ¿me caminas a mi casa?

—Seguro, no hay problema —respondió Samuel—, será todo un placer.

Entonces, poco a poco comenzó a detenerse todo. El suelo hizo lo propio al no girar y tornarse opaco, mientras la música se desfiguró hasta solo poderse escuchar el azote de una ráfaga de bombas sobre una escuela de niños, localizada en la memoria de Samuel.

—¿Estás bien? —preguntó Dolores y Samuel asintió con la cabeza, mientras se recuperaba de aquel trance depresivo.

Tan pronto como salieron por la puerta Dolores le agarró la mano para sentirse más segura mientras la escoltaba. Juntos caminaron silenciosamente por aquel paseo de tierra y sin luces que llevaba a la casa de Dolores. Al igual que ella y Cecilia en su camino de ida a la fiesta, Samuel y Dolores también tuvieron chaperones cuando caminaban de vuelta. Todavía los vigilaban las estrellas calladas y su cinturón de Orión, escucharon nuevamente el cantar de los coquíes mientras los alumbraban aquel trío de cucubanos que todavía los vigilaban. A un cuarto de kilómetro de la casa de la Srta. Fuertes, Samuel comenzó a conversar por primera vez desde que dejaron de bailar.

—Mi nombre completo es Samuel Luis Pérez y soy un sargento del ejército de Estados Unidos de América —dijo con su voz un tanto temblorosa—. ¿Cuál es el tuyo?

—Dolores, ese es mi nombre —dijo la dama un poco parca ante la pregunta, dándose cuenta de que no le había tan siquiera dicho su nombre a pesar de haber bailado por varias horas junto a él durante aquella noche.

A pesar de que Samuel le había dicho su rango militar, Dolores no estaba para nada impresionada con su uniforme o su título de sargento. En realidad, Dolores no sabía la diferencia entre sargento, coronel o soldado raso.

—Dolores..., un bello nombre, digno de una dama preciosa —replicó Samuel un poco más seguro de sus palabras.

—Gracias, pero prefiero que me llamen Doly.

—No hay problema, Doly, así te llamaré.

Luego de estas palabras continuaron hablando hasta llegar a la parte trasera de la casa de Doly. Allí se sentaron cada uno en dos columpios que colgaban de un flamboyán gigantesco de color anaranjado. Bajo la oscuridad de la noche conversaron por largas horas, hasta pasadas las tres de la madrugada. Dos minutos después de esa hora se despidieron y prometieron verse en la madrugada del día siguiente.

Al próximo día se vieron nuevamente. Lo mismo ocurrió cada noche hasta que, luego de un par de semanas, aumentaron la dosis de su compañía. Para entonces se veían cada noche a las mismas horas, entre las 12:00 y las 3:00 a.m. Después de varios meses de verse casi a escondidas, decidieron cambiar las horas de visita al atardecer, para que así su relación pudiera ser más «legítima».

Por las tardes solían pasearse por el pueblo junto con la hermanita menor de Doly y se agarraban las manos a escondidas para no causar ningún tipo de escándalo por su noviazgo. Por las noches se encontraban en el oscuro patio trasero de la familia Fuertes, en donde conversaban y se besaban por largas horas hasta que el cansancio los vencía. Una de esas noches, a seis meses y medio de haberse conocido, se encontraron solos, dándose ambos un poco más de lo que jamás se habían prestado. En la oscuridad, se encontraban besándose hasta que, rítmicamente, sus labios se tornaron más húmedos y sus besos cada vez más apasionados y acelerados. A pesar de que ambos columpios estaban a menos de medio metro de cada uno, aquella pequeña separación se convirtió en demasiada distancia. Lentamente, pero de forma progresiva, sintieron una marcha inmensa de deseo y sudor. Sin darse cuenta de quién comenzó qué, Samuel y Dolores se encontraron parados, besándose de una forma continua, sin mucha respiración y rápidamente, sintiendo un calor que subía desde la parte alta de sus piernas, pasando por cada rincón de sus pechos y deteniéndose en sus labios. Samuel tenía sus manos alrededor de la espalda baja de Dolores y la Srta. Fuertes tenía las suyas colocadas en la espalda media de su novio. Gradualmente, aquel deseo de tocarse se convirtió en un magnetismo indescriptible que los hacía juntarse de forma progresiva hacia sus cinturas. Con cada beso, fueron retrocediendo hasta quedar sentados el uno sobre el otro. La escena era delatadora, aunque la realidad era que no había un alma en toda la vecindad capaz de descubrirlos, oírlos o detenerlos; estaban completamente solos. Dolores se encontraba sentada sobre la falda de Samuel, con sus piernas alrededor de su cintura. Las manos del sargento Pérez ya habían bajado lo suficiente y se encontraban por dentro de su vestido y apretando la parte trasera de sus muslos. Sentados sobre el columpio, esas ansias de mecerse el uno sobre el otro creció y, de forma lenta pero progresiva, sus cuerpos comenzaron a producir fricción entre sus ingles. Ambos sintieron esa presión descomunal en sus sexos que coqueteaba con descubrir aquel placer furtivo, prohibido para aquellos tiempos antes del matrimonio. Se sentían pecadores, culpables de un delito que no creían que debería ser castigado por otros. Entonces, de forma más acelerada, fueron descubriéndose de la cintura hacia arriba. Estaba oscuro, pero todavía podían ver sus pechos, sentir sus labios y escuchar sus latidos. Una vez la lujuria se apoderó del momento, no hubo culpa en aquel acto, solo amor. Sus manos se movieron sobre la piel del uno al otro y sus labios saborearon, entre saliva, aliento, suspiros y jadeos, el sabor perfecto de la fornicación. Samuel acarició con sus labios los senos de Dolores y ella disfrutó del roce incesante de Samuel sobre su entrepierna. Ambos eran vírgenes e inexperimentados, razón por la cual no entendían aquella urgencia por rozarse el uno sobre el otro. Desenfrenadamente, sus suspiros se hicieron audibles mientras ambos intercambiaban sudor, besos, temblores y una furia sexual incontrolable. Después de cuarenta y un minutos de sexo con ropa, ambos sintieron una explosión interna, seguida de un temblor lento que disminuyó con cada pulso de su excitación. Una vez terminaron, quedaron tiesos, tendidos sobre el columpio, cargando en sus cuerpos un olor a sexo muy fuerte, que ninguno jamás había percibido. En aquella noche acababan de hacer el amor sin penetración y se sentían más enamorados que nunca.

Durante la mañana siguiente sintieron un poco de pudor a causa de la ráfaga de deseos que habían experimentado durante la madrugada anterior, pero, después de un par de minutos de silencio, fueron aclimatándose a la idea de que fue quizás una ocurrencia que no se repetiría. Avergonzados, conversaron de todo excepto del suceso, como si nunca hubiera pasado en realidad. A pesar del silencio a voces entre ambos, no tardaron mucho en repetirlo. Tras tres días de completa abstinencia destrozadora, volvieron a sincronizar la misma escena de aquella primera noche. Aun cuando continuaron con la costumbre de encontrarse dos veces al día, ahora lo hacían con motivos distintos. Por el día hablaban y compartían poesías o hablaban de cualquier cosa. Por las noches, se enrollaban el uno alrededor del otro, y lentamente el roce de lujuria fue más directo, hasta que sus flujos estaban a diario en sus cuerpos, mientras se amaban semidesnudos. Aunque nunca hubo copulación directa, era claro que sus deseos y virginidades eran exclusivos el uno del otro.

Todo continuó sucediendo de la misma forma hasta que, durante un viernes, 25 de agosto de 1950, el sargento Pérez fue llamado a partir hacia aquella funesta cita en Corea. Las ordenes de despliegue escandalizaron a todos en la compañía, creando un desorden descomunal y un ánimo lúgubre. Tan pronto como le llegó la noticia, Samuel arregló varios asuntos dentro del campamento y fue corriendo hacia la casa de Dolores. Llevaba puesto su uniforme de soldado, cargaba sobre sus hombros una mirada pálida y en su mano derecha sostenía una carta en puño y letra, sin sobre, doblada cuatro veces. Al ver a Doly, le contó de forma detallada los pormenores de lo que sucedería. Luego, le entregó la carta y le pidió no leerla hasta que partiera. Aquel día permanecieron juntos hasta las 4:43 a.m., hora en la cual partiría para su asignación militar. Dolores y Samuel se despidieron con el corazón en la mano y con un puñado de lágrimas rodando prófugas sobre sus mejillas. Durante aquella triste madrugada del sábado, se juraron amor eterno, sin importar lo que pasase, y se besaron con todo el amor que cada uno pudo expresar. A las 5:30 a.m., el batallón del sargento Samuel L. Pérez marchó a la guerra.

ʃʃNoveno

El día estaba soleado. Para nada el tipo de sábado que le gustaba tener. Se levantó e hizo café, dos tostadas y un huevo frito. Comió muy despacio, pero con temor por tenerse que duchar. Una vez fregó los trastos, se aventuró a darse un baño con un poco de paranoia. Abrió la ducha y allí estaba. Esta vez no iba a intentar burlarse, sino que lo dejaría hacer todos sus berrinches. Sí, dejaría que el *Sr. Chorrito* se malhumorara por su calor. Se dio un baño frío en menos de un minuto y medio. Tan pronto acabó de ducharse, cerró la llave de agua y salió corriendo fuera de la bañera.

Ian Samuel comenzó a trabajar en un nuevo proyecto de un edificio de condominios en la esquina de la calle Concordia con la Méndez-Vigo. Tiró líneas por encima del plano, usó cartabones para trazar los ángulos, programó en su computadora una simulación exacta de la estructura, calculó la fortaleza de los cimientos, el momento de sus fuerzas, lo ancho de las columnas, la rigidez de aquel material, la cantidad de presión que aguantaba, el ancho de las tuberías, el paso de la electricidad; se aseguró de haber diseñado una edificación segura.

A la 1:03 p.m. escuchó un toque en la puerta de su apartamento. Todavía le dolían los moretones, así que llegó sin mucha prisa hasta la entrada.

—¡Hola, vecino! —escuchó Ian al abrir la puerta—. Hacía como dos semanas que a vos no se le veía por ningún lado —dijo el hombre con acento español, vestido a la antigua.

—He estado ocupado —respondió Ian.

—Hombre, tiene que tomarlo todo con más calma, si no nunca llegará a viejo.

Ian sabía muy bien la edad «de viejo» a la que su vecino se refería, ya que don Ponce de León tenía que haber tenido como 550 años, a juzgar por su ropa y apariencia. El señor medía 1.83 metros, tenía la nariz bastante larga, arrugada, y su cara era blanca, con marcas rosas sobre sus cachetes que probablemente eran causadas por una *rosácea* ignorada. Aquel hombre español estaba chapado a la antigua, tenía un bigote de mosquetero que salía desde su nariz hasta llegar al lado de esta en espirales concéntricas. Vestía con una armadura que aparentaba haber sido fundida en los tiempos coloniales. La coraza estaba bañada en algo que alguna vez fue plateado y que hoy día parecía moho con vestigios de tétano. El anciano llevaba en su mano derecha una espadita, también oxidada, que daba indicios de alguna vez haber sido útil. Su nombre completo era don Juan Ponce de León. Según él, había retornado a Puerto Rico nadando desde La Española, después de haber fracasado en la Florida, la tierra de los pantanos y las naranjas. Aunque se pasaba alardeando de que no fue hasta que él pisó tierra, muchos años antes, gobernando a este país, que no se vino a traer civilización como Dios, la Virgen y los Reyes Católicos mandaban. El anciano era todo un personaje. Hablaba de expediciones de las cuales nunca se ha leído, supuestamente, porque él se encargaba de matar al cronista antes de que relatara lo que sucedió y, de esta forma, le robara la primicia. Con esto en mente, Ian Samuel nunca osó en contradecir nada de lo que decía, ya que no quería experimentar el pardo-rojizo de aquella pequeña espada enmohecida.

Don Juan vivía en el apartamento #011b, a la izquierda del de Ian, mientras que el apartamento de la derecha, el #001b, estaba ocupado por otro anciano un tanto más joven que el viejo ibérico. Este otro vecino, que era compatriota del ingeniero Pérez-Fuertes, hablaba de una forma extremadamente articulada, con una sensatez capaz de hacer meditar hasta a una roca.

El nombre del vecino del #001b era simplemente don Eugenio, debido a que nunca quiso revelar su apellido. Aun cuando no sabía nada acerca de su linaje, Ian prefería al anciano del #001b porque era más simple que su contraparte envejecida del #011b y, en gran medida, menos agresivo. Eugenio nunca amenazó con espadas de moho, pero usaba su intelecto agresivamente para hacer entrar a cualquiera en razón. La estatura de don Eugenio era próxima a los 1.78 metros. Llevaba un bigote gris cenizo que se confundía entre su arreglada barba e imagen física. Su cabello era del mismo color grisáceo que su bigote y llevaba, cercanas a la frente, las entradas incipientes de una calvicie que la mayoría de los hombres sufren a su edad. Su mirada era muy influyente, sus parpados parecían una especie de artefacto electrónico, capaz de penetrar en tus pensamientos. Como resultado, sin necesidad de palabras, don Eugenio resultaba ser muy influyente. Su fortaleza física era bastante impresionante para un hombre de, aproximadamente, 170 años de edad, aunque esta apariencia física era un tanto opacada por los cinco centenarios y medio que cargaba don Juan.

A pesar de que sus historias no tenían espadas, indios ni fuentes de la juventud, los relatos de don Eugenio resultaban ser más interesantes que los del vecino de la izquierda de Ian. Don Eugenio contaba, de una forma muy exacta, los pormenores de todo cuanto había hecho y logrado, lo cual resultaba bastante impresionante. Alguna vez contó que escribió sobre cuarenta libros y numerosos ensayos. En otra ocasión narró acerca de cómo consiguió la construcción del primer tren en la Argentina. De tener todo el tiempo del universo, Ian hubiera pasado gran porción del mismo escuchando de forma repetida los numerosos relatos que tanto le gustaban acerca de las vivencias de su vecino predilecto. Eugenio contaba de sus viajes alrededor del continente americano, de los chinos a los que auxilió para así liberarlos de su esclavizada explotación, de las numerosas mujeres que ayudó a adquirir derechos alrededor de nuestros países hermanos, de la *Peregrinación de Bayoán*, de sus numerosos esfuerzos por mejorar la parte más importante de cualquier cultura, su educación, y de cómo rehusaba ser enterrado en su amada tierra hasta que la misma fuera liberada. Por encima de todas estas historias se encontraba una frase que continuaba repitiendo día y noche, lloviera o relampagueara: «Yo solo espero que la gente algún día diga: en esa isla (Puerto Rico) nació un hombre que amó la verdad, deseó justicia y trabajó por el bien de la humanidad». En síntesis, sus anécdotas eran totalmente reales, a diferencia de los fragmentos verídicos mezclados con ficción que narraba don Juan. En adición, sus palabras llevaban un mensaje profundo, casi filosófico.

Aquel día había llegado don Juan para asegurarse de que Ian estaba vivo, aunque luego decidió quedarse para charlar un poco. Cinco minutos después de haber llegado el colonizador desgastado a la sala de Ian, se escuchó el bastón de don Eugenio tocar en la puerta.

—Buenas tardes, querido vecino —dijo don Eugenio en forma pausada y precisa—. Vine porque no pude resistir los deseos de conversar con una pareja tan dispareja de intelectuales como ustedes.

—Pues pase y acomódese, hombre, que estaba por contar, nuevamente, la historia de la colonización de vuestro país —gritó don Juan con su espadita en alto.

Ian miró a don Eugenio con una expresión de disculpas mezclada con vergüenza. Este último odiaba en su totalidad la historia de tiranía y de masacre que había escuchado en numerosas ocasiones de labios de don Juan Ponce de León. Pero, como era todo un caballero y ya había tenido numerosos argumentos con él al respecto, prefirió obviar la mala educación del colonizador español y se sentó en su silla designada.

—Oigan, no saludan ya —dijo Ernie en un tono molesto—. Llegan aquí, se sientan y me tratan como el resto de la humanidad, como a una lámpara.

El trío sonrió y miró hacia la lámpara.

—Amigo duende —respondió don Eugenio de forma alegre—, es siempre un placer contar con su presencia animada y jubilosa.

—Hombre, si quiere voy y lo traigo para que se una a mi historia de victoria —dijo don Juan mientras miraba a don Eugenio en forma desafiante.

—No, no es necesario, ya he escuchado bastante esa historia, prefiero dormir.

En realidad, todos los allí presentes, con excepción de don Juan, preferían dormir antes que escuchar sus aburridas leyendas coloniales. De todas formas, el don español estuvo contando su bendita historia por casi dos horas corridas, hasta el punto de que, al terminar, saludó y sopló besos al público como si hubiese sido una obra teatral, mientras limpió varias lágrimas de sus mejillas. Una vez terminada su pobre actuación, Ian se encargó de despedir a sus dos visitas para así recostarse en su cama.

—¿Te sientes bien? —preguntó Daly de forma amorosa—. Te ves cansado.

—Lo sé, es que tengo varias cosas en mi cabeza y odio, detesto, aborrezco la maldita historia colonial de don Ponce de León.

—Cariño, descansa y verás cómo todo se te va a ir —susurró Dalimar, recostada sobre su brazo derecho.

—Mi vida, lo que tengo no se me va a pasar durmiendo ni ahora, ni nunca —dijo Ian, dispuesto a comenzar un monólogo que estaba harto de repetirse—. Daly, mírame. —Ella lo miró—. La parte más importante de mi universo eres tú y no tengo forma de compartir junto a ti frente a la gente. No hay manera de conversar con nuestras familias, ni de tomarnos un té mientras charlamos en el café de la esquina. Si la gente nos escucha hablar, pensarán que estoy loco e intentarán alejarnos y meterme en un manicomio. Pero ¿en realidad estoy loco? ¿Estaré mal por ver «fantasías» que resultan invisibles ante sus ojos o estarán mal ellos, por valerse de sus sentidos para juzgarme? Yo estoy al tanto de mi realidad. Soy consciente de que soy especial por aferrarme a ti, por no dejarte partir de mi vida, ya que mi vida, mi cielo, mi todo, lo compones tú. Yo sé que soy diferente por compartir con Ernie, una lámpara en forma de duende, y tratarlo como a un hermanito menor. También sé que no es normal conversar con don Juan y don Eugenio, a sabiendas de que más nadie, además de nosotros, los ve. Pero ¿en realidad estaré loco? ¿Estaré mal por ver «fantasías» que resultan invisibles ante sus ojos o estarán mal ellos, por valerse de sus sentidos para juzgarme? Yo trabajo día a día, aporto a la sociedad con mi conocimiento, pago mis deudas y mis contribuciones, nunca he fallado en eso. Sin embargo, prefiero vivir en mi mundo, mientras me alejo de aquel que se torna a diario más cruel. ¿Por qué no puedo aferrarme a lo que sé que es vida? ¿Por qué tendría que retornar a un lugar en donde lo único que importa es el dinero, las armas y el poder imaginario que estas proporcionan? Pero ¿yo qué sé? Yo, aparentemente, estoy totalmente desequilibrado. Probablemente por eso no entienda por qué hay que masacrar a una nación como Iraq, que pidió a gritos, en vano, por ayuda para que no la invadiesen. Pero ¿yo qué sé? Yo, aparentemente, estoy totalmente desequilibrado. Quizás debido a esto no entienda el despilfarro monetario de las naciones en armas biológicas y de destrucción masiva, si para acabar con las injusticias del mundo se debería invertir ese dinero en terminar con el hambre, en educar a las masas o en cualquier otro fin pacifista, que sí representan soluciones reales. Pero ¿yo qué sé? Yo, aparentemente, estoy totalmente desequilibrado. Tal vez si estuviera cuerdo podría entender muchas cosas. Sabría más acerca de por qué las personas prefieren destruirse con deudas y solo se preocupan por mantener una imagen ante la sociedad que pinte un retrato ficticio al que les ha tocado vivir. Posiblemente, si no fuera por mi locura, podría saciar mi sed por entender qué motiva a un ser humano «racional» a abandonar a sus padres en su vejez. ¿Cómo puede haber tantos ancianos vagabundos, a la deriva de aquel destino que nunca imaginaron habitar, mucho menos después de haberse dedicado con gran empeño a criar a sus hijos, quienes terminaron por convertirse en cuervos que les sacaron los ojos? Pero ¿yo qué sé? Yo, aparentemente, estoy totalmente desequilibrado. Quizás por eso es por lo que no han encarcelado al hombre que te causó la muerte, cuando fue él quien se pasó un semáforo e infringió la ley, sin importar los millones de tecnicismos que lograron encontrar sus abogados junto con su aplicación de las leyes «racionales» que los rigen. Pero ¿yo qué sé? Yo, aparentemente, estoy totalmente desequilibrado.

Una vez terminó de hablar, su rostro estaba tan rojo que parecía que iba a sufrir un infarto masivo al miocardio. Su respiración ya no era pausada, sino corta y agitada, mientras que sus ojos estaban un tanto lacrimosos, más por rabia que por tristeza. Dalymar estaba abrazándole, recostada en su cuello, intentando calmarlo en silencio. Desde el primer día en que conoció a Ernie, Ian tuvo la certeza de ser diferente a todos. En su interior siempre estuvo al tanto de que su mundo era uno mejor a aquel en el que el resto de la humanidad prefería vivir; aun cuando, ante los ojos de todos, su realidad pertenecía a un hombre totalmente desquiciado.

ʃʃDécimo

El nombre de su regimiento era *La 65 de Infantería*. Samuel y casi todos los integrantes de *La 65* eran puertorriqueños, menores de 25 años, y desconocían totalmente por qué estaban allí (con algunas excepciones). Una vez arribó el buque a Corea, todos se asombraron al mirar el cielo y no encontrar ni una sola estrella sobre el firmamento. Estaba oscuro, callado y parecía como si estuvieran caminando directos hacia la boca del enemigo. Era como si el firmamento y las nubes intentaran ocultar la tristeza de aquel vacío inmenso e inaudible. Para muchos de aquellos hombres que acababan de desembarcar era la primera noche en la que no escuchaban el cantar del coquí a lo lejos o sentían aquel olor fuerte a gallinazo de la montaña. En el suelo coreano, Samuel se sintió desamparado, nauseabundo y triste.

La primera noche fue corta pero tranquila y, una vez cayó el sol sobre sus ojos, el sargento Samuel Luis Pérez no encontró una diferencia sustancial entre aquella geografía y la de su

Puerto Rico. El paisaje estaba compuesto de montañas forradas de verde y repletas de mosquitos e insectos, los árboles anidaban pájaros alborotosos y los ríos llenaban de vida la inmensidad de la selva. Pero el sabor del viento era distinto, la brisa no lo alegraba igual que la de su tierra y la humedad no era tan apasionada como la de sus orígenes.

Ninguno de los que llegaron a aquella guerra lo supo, pero en el momento en que pusieron sus botas en la tierra, cada uno fue incluido en una lista invisible, exacta, que nadie nunca leería o sabría de ella, pero que dictaría sus destinos. En esencia, sus suertes estaban echadas. En la lista, los nombres de todos los miembros del regimiento estaban escritos en distintos colores y, dependiendo del mismo, era como les había tocado partir de aquella guerra.

Por ejemplo, el nombre de José Martínez, de dieciocho años de edad y original de Salinas, PR, fue escrito en *rojo* y, sin saberlo, moriría en medio de un ataque en el campo de batalla norcoreano y su cuerpo nunca sería encontrado. Si los nombres eran escritos en color *gris*, entonces llegarían de vuelta a PR, pero encerrados en un ataúd, fríos de pies a cabeza, tan muertos como José Martínez, pero enterrados en la isla que los vio nacer. Por otra parte, aquellos cuyos nombres estaban escritos en *azul* estaban predestinados a volver a sus hogares sin alguna parte de su cuerpo, fuese sin pies, manos o cualquier parte distinta de su físico. Por último, quedaban los que sus nombres estaban escritos en color *dorado*; esos volverían totalmente intactos de sus cuerpos, pero completamente trastornados psicológicamente, al borde del delirio en algún momento de sus vidas. Al final del conflicto no quedó tan siquiera un nombre de los miembros de *La 65 de Infantería* que no hubiese sido incluido en aquella lista invisible. De una u otra forma, todos murieron un poco, ya sea en cuerpo o alma, en Corea. Aunque, con el tiempo, alguno que otro en color *azul* o *dorado* sí llegó a recuperarse lo suficiente como para continuar con su vida.

Fue en el campo de batalla, durante el invierno en Corea, donde Samuel, por primera vez, tocó la nieve. Llevaban allí poco más de tres largos meses cuando, mientras marchaban en caravana, comenzó a nevar sobre sus ojos y sonrió mientras sentía aquella escarcha húmeda derretirse entre sus dedos. El primer día que nevó su emoción era tanta que lo único que quería era detenerse y escribirle a Dolores para contarle. Ciertamente, al embarcarse hacia la guerra, nunca se imaginó que cumpliría su deseo de ver la nieve. Samuel nunca olvidó ese día durante el resto de su vida.

A pesar de la gran sensación inicial por la súbita aparición de la nieve, la realidad era que su regimiento no estaba entrenado para combatir contra aquel enemigo blanco que tanto los asediaba. De hecho, la mayoría de los soldados nunca habían sido expuestos a tales condiciones y, peor aún, ninguno estaba acostumbrado a pasar largas horas bajo el frío. Durante los primeros meses fueron capaces de sobrevivir utilizando cada pieza de ropa que tenían para abrigarse durante sus patrullajes, pero sus manos se congelaban y sus pies no soportaban el dolor cada vez que se iban de patrulla. Durante aquellas noches impenetrables no existía otra cura que no fuera una buena fogata y cuatro paredes de ladrillos que los albergaran, pero andaban en casetas y muchas veces era imposible hacer un fuego por temor a ser descubiertos.

Como en todas las guerras, siempre hay un bueno y un malo subjetivo. En este caso los comunistas, los del ejército de Corea del Norte, eran los obvios malos subjetivos. Los norcoreanos habían enhebrado millones de ataques en contra de la humanidad y la democracia. Por tal razón, la alianza ente el presidente de los Estados Unidos de América y el líder de Corea del Sur convirtió a los soldados norteamericanos en novillas pastando entre junglas y trampas norcoreanas. *La 65*, junto a muchas otras compañías americanas, eran las encargadas de hacer esa alianza realidad. Sus órdenes eran tratar de detener y castigar a los comunistas, a pesar de que casi ninguno de ellos sabía tan siquiera encontrar a Corea en el mapa del mundo. Aquellos soldados eran jóvenes, fuertes y muy dedicados. Ciertamente, amaban a su patria y estaban dispuestos a luchar por la libertad. No existía ninguno de ellos que amara la guerra, pero aun así luchaban en ella como héroes.

Durante ese invierno aterrador, los del Norte utilizaron todo su empeño para, junto con la nieve, congelar a *La 65 de Infantería*. Los borinqueños tuvieron que pelear con uñas y garras para no sucumbir por completo entre las balas y el frío, pero, a la postre, pudieron contenerlos.

Samuel nunca pudo olvidar aquel primer ataque durante el invierno que sufrieron en Corea. Eran aproximadamente las 10:54 a.m. cuando el suelo y el cielo temblaron al sentir el golpe de un misil azotar la tierra. Seguido, una lluvia de explosiones comenzó a rodearlos, esparciendo nieve y convirtiéndola en un fango negro con fuego, humo y truenos que olían a muerte. Durante cerca de diez minutos se sintieron a la deriva en un mar de gritos, entre olas de sangre, disparos sin sentido y confusión. Justo después del primer misil, Samuel había caído al piso, como intentando volverse invisible. Después de varios segundos, sacó su rifle y comenzó a disparar hacia donde fuera. Sintió miedo, su corazón palpitaba más rápido que sus disparos y sentía como si lo único que su cerebro observara fuera montañas de nieve repletas de maremotos de fuegos, cenizas y balas. Samuel no aguantó más, en aquel mismo instante comenzó a retroceder y empezó a dar órdenes para que retrocedieran.

—¡Retrocedan, retrocedan! —gritó.

En ese punto, al menos veinticinco soldados estaban mezclados entre sus pies y sus brazos, totalmente indistinguibles. Sus nombres acababan de ser escritos en *rojo* dentro de la lista. Aun así, reafirmó su orden. Con suerte, mientras huían sin muchas esperanzas, tuvieron la fortuna de escuchar sus propios aviones en lo alto. Por primera vez durante aquella mañana sintieron un poco de alivio. Los aviones vinieron al rescate y lograron disminuir los mísiles y bombas que el enemigo hacía llover desde lo alto. Por su parte, *La 65* continuó corriendo durante aproximadamente dos horas, hasta que llegaron nuevamente a las barricadas. Más de veinticinco almas jamás volverían a Puerto Rico durante aquella mañana.

A pesar de las bajas registradas en el primer ataque invernal, no perdieron muchos más soldados durante el resto del invierno. Intentaron cada truco que pudieron inventarse para sobrevivir, desde dormir uno contra el otro de espaldas hasta no dormir en 36 horas corridas. Pero, mientras más ataques sobrevivían, más tiempo pasaban tolerando aquel frío polar. Como era de esperar, los norcoreanos sabían que, una vez enfermos, estarían más débiles y susceptibles, así que solo era cuestión de que llegara el momento indicado antes de continuar atacando. Uno de los primeros boricuas en enfermarse, tanto en cuerpo como en espíritu, fue el sargento Pérez.

Por aquellos tiempos, Samuel había adquirido la costumbre de aprovechar, durante sus pocos ratos libres, para escribirle a su querida Dolores. En sus cartas, él intentaba contarle de todo, desde lo blanco y frío de la nieve hasta cada detalle del miedo constante en el que vivía. Día a día, temía morir. Lo cierto era que, si no hubiera sido por la señorita Fuertes o esas cartas, Samuel quizás nunca hubiese durado mucho más que un par de semanas en Corea. Era esa ilusión por algún día volver a verla la que lo ayudó a hacer de todo para tratar de sobrevivir. Era como si cada sonrisa, cada beso en los columpios detrás de la casa de Dolores y cada momento juntos hubiesen salvado su vida. En su mente la amaba de forma pura.

En las filas del ejército comunista del Norte existía un apellido, Kao, que le pertenecía a un tal Hidoki. Hidoki era un soldado que acaba de entrar, hacía menos de un año, al ejército norcoreano. Kao creía en el agua, en el sol y en aquella foto prodigiosa que le recordaba a su prometida, Jin Lukata. Pero no solo en esto creía Hidoki. Él, además, creía en la electricidad, en las injusticias del ejército del Sur, en la inocencia de los niños y en la muerte de su padre a manos de los norteamericanos.

Una noche, a mediados de primavera, Samuel se levantó con urgencias de orinar. Debido a que una guerra no es el escenario más confiable para salir a usar el baño en mitad de la noche, Samuel cargó su rifle en su mano izquierda y salió hacia la oscuridad nocturna. Una vez fuera de su caseta, miró hacia su izquierda y se percató de que Ramón Celestino, el vigilante nocturno, estaba despierto. Seguido, caminó hacia los arbustos más cercanos, colocó su rifle sobre el suelo y procedió a hacer lo propio sobre los arbustos que lo rodeaban. Samuel estaba tan concentrado en el acto que no se percató de la presencia inicial de una sombra oscura a sus espaldas.

«Cric», se escuchó sobre el oído derecho del sargento Pérez. Samuel disimuló por espacio de 5.13 segundos mientras reflexionaba por qué demonios había soltado su rifle. Después de recrear mentalmente sus próximos movimientos, miró con disimulo hacia el suelo y atrapó, con su ojo derecho, parte de la sombra del sombrero puntiagudo parado a sus espaldas. La sombra estaba un tanto deforme por los estragos de la noche, pero era lo suficientemente precisa como para revelar que le pertenecía al enemigo, a los comunistas. Justo después de estar seguro de que no era un aliado, Samuel giró súbitamente hacia aquella extraña figura. Según volteaba, el sargento Pérez presionaba su cuchillo militar en dirección de la sombra enemiga que estaba husmeándolo. Pero, aun cuando puso todo su empeño en presionar su bisturí táctico, la sombra realizó un movimiento brusco con su mano derecha que logró golpearlo en la frente y derribarlo sobre sus espaldas, quedando inconsciente. El sargento Pérez se encontró comprometido, con su espalda plantada sobre el suelo.

Al abrir sus ojos, sintió un dolor de cabeza gigantesco y su visión estaba un poco borrosa. Después de varios segundos, comenzó a afinar su mirada y se dio cuenta de que no andaba solo. Hidoki Kao se encontraba de pie, justo al frente suyo. Samuel no lo escuchó hablar mucho durante los primeros minutos de su captura. Kao había sido enviado por su compañía para vigilar a los de *La 65* y, justo mientras se escondía para no ser visto, encontró la presencia de Samuel, con muerte en mano y cuchillo aniquilador. Ahora, tirado sobre el suelo, Samuel estaba amarrado por un pedazo de soga que le imposibilitaba mover sus manos. Al mirar a su encarcelador, percibió a un joven de entre 20 y 25 años que tenía tez clara y estatura promedio, cabello negro, puntiagudo, azabache, y ojos asiáticos. El joven estaba vestido de color blanco, con un cinturón negro en su cintura y con un sombrero de paja en forma de cono invertido sobre su cabeza. El sargento Pérez sabía que no estaba tirado en el suelo por motivos recreativos. Estimaba que era un prisionero de guerra y, cómo mínimo, lo torturarían por varios meses o, mucho más probable, lo ejecutarían.

Fue a las 00:17 horas cuando Kao y él se encontraron en aquella noche estrellada. Ya para cuando sus compañeros lo encontraron, Samuel y el norcoreano estaban hartos de escucharse.

—¿Cómo te llamas? —preguntó Hidoki en perfecto castellano.

Samuel miró a todos lados, cerró los ojos con todas sus fuerzas y golpeó su cabeza contra un árbol, sabiendo que era imposible que un miembro asiático de las fuerzas enemigas hablara español con acento puertorriqueño. Por tal razón, permaneció mudo hasta que volvió a escuchar a la misma voz.

—¿Tienes nombre o estás mudo? —preguntó sarcásticamente el soldado del Norte.

—Tengo nombre, pero no te importa —contestó de una forma desafiante Samuel—. ¿Para qué diablos quieres saber? Solo mátame y acaba con tu estúpido juego.

Hidoki Kao echó una carcajada tan fuerte que a Samuel le sorprendió que no fuese escuchada por nadie.

—¿Solo mátame? ¡Já!, ¿estás ciego, loco o qué? ¿No has notado que aquí el muerto soy yo?

En efecto, Hidoki tenía toda la razón. Al ver a su víctima, Samuel quedó tieso, tanto que sintió como si su ser estuviese inmovilizado por alguna toxina tetánica. El sargento Pérez se creyó lerdo por no haberse percatado de que, en efecto, su cuchillo militar, junto a sus siete pulgadas, estaba clavado en el centro del pecho de su muerto parlanchín.

—Pero, si estás muerto, ¿cómo diablos puedes hablarme y mirarme así? ¿Por qué no puedo quitarme estos nudos de mis brazos y salir corriendo de aquí?

Samuel esperó la contestación obvia, hasta que la escuchó de los labios de otro que en realidad no existía.

—Elemental, mi querido victimario. Yo estoy muerto en vida, pero no en existencia. A pesar de que acabaste con una parte de mí, por siempre permaneceré a tu lado. Los lazos que ves en tus manos no existen, los labios que observas moverse no lo hacen y la única razón por la que crees que estás preso es por tu conciencia.

Samuel reflexionó por varios minutos y se dio cuenta de que aquella explicación tenía más sentido que cualquier otra capaz de aclarar el suceso. Hidoki Kao, el muerto que le conversaba, era fruto de su mente, efecto de su conciencia. Desde aquella noche hasta el momento en que la vida de Samuel expiró, Hidoki Kao se mantuvo a su lado con el objetivo de recordarle el suceso funesto. Bajo la luz del firmamento coreano, ambos conocieron sus nombres y conversaron acerca de sus familias, de sus posiciones en el ejército y de lo mucho que detestaban la guerra. Pasaron tal vez poco más de cinco horas conversando sin ningún tipo de interrupción, como si la noche hubiera estado reservada para que se hicieran amigos.

Cuando por fin encontraron al sargento Pérez, lo hallaron temblando del frío y con una fiebre tan alta que era capaz de calentar a todo el escuadrón. Entre meses sin comer muy bien, en desvela y sin mucha higiene, desarrolló unas cuantas bronquitis virales. La última fue una gripe, la cual se complicó con una pulmonía bacteriana que se apoderó de cada aliento de su ser. Con cada segundo, aquella pulmonía amenazaba con convertirse en una sepsis progresiva y fulminante. Sin medicinas y debilitado por la infección, Samuel pasó las primeras dos noches casi en delirio, balbuceando y tosiendo una flema espesa y dolorosa, mezclada con sangre, sudor y pus. En aquellas fechas no existían muchos antibióticos y, en tiempos de guerra, solo había suficientes cantidades para tratar a los que tenían más chances de vivir, así que su única esperanza era sobrevivir hasta que pudiera llegar al buque enfermería que se encontraba a poco menos de tres días de su localidad. De camino al navío pasó dos noches eternas, tirado en el suelo en forma de espiral, rezando frenéticamente por no morir. En realidad, la probabilidad de que así fuera era escasa, pero de la esperanza vive el pobre y, en su caso, era lo único que le quedaba.

Para la gran fortuna del resto de su descendencia, Samuel sí llegó al buque de enfermería. Una vez le dieron suficiente penicilina, fluidos en vena y le curaron, paulatinamente, los estragos de la pulmonía en su sistema respiratorio, el sargento Pérez fue colocado de vuelta en acción. Aunque no regresó solo. Hidoki estuvo en todas sus batallas, también presenció cada carta de amor que le envió a Dolores desde el terreno asiático y llegó a convertirse, realmente, en el único amigo que tuvo durante su tiempo en Corea. Kao fue su fiel acompañante en las noches de guardia, el mínimo consuelo en las tardes de angustia y sus ojos traseros en las emboscadas enemigas. En esencia, Hidoki Kao fue la razón por la que el nombre de Samuel fue escrito en *dorado* y no en *rojo* o *negro* sobre la lista de *La 65 de Infantería*.

Antes de marcharse de la guerra, Samuel juró nunca olvidarse de los verdes prados que caminó, de las muchas flores que contempló y de la inmensidad de la naturaleza que albergaba aquel país en sufrimiento. Lo cierto fue que, al retornar, Samuel solo pudo recordar a los millones de inocentes que presenciaron la furia de su armamento explosivo, a los pobres niños que vieron sus sueños desintegrarse y convertirse en óbito, a las familias que vivieron, en carne propia, cómo una nube de dolor cubría la muerte de sus seres más queridos. Pero, sobre todo, el sargento Samuel Luis Pérez nunca olvidaría cuánta suerte tuvo de volver a Puerto Rico más vivo que muerto, a pesar de que su nombre fue últimamente escrito en color *dorado*. Lamentablemente, Samuel intercambió su razón para conservar su aliento.

ſſUndécimo

En el instante en que abrió sus ojos, Dolores Fuertes sintió un escalofrío descomunal que recorrió cada vértebra y retorció cada axón de su cordón espinal. En su interior sintió temor de saber el significado de aquel relámpago de corriente; tenía el presentimiento de que algo siniestro estaba próximo a suceder. En efecto, el día en que sintió ese flujo de electrones sobre su espalda, Samuel tuvo la dicha de conocer a Hidoki Kao. A pesar de esto, ni Dolores, ni nadie en este universo, se enterarían jamás de este detalle, ya que sería un secreto que el sargento Pérez se llevaría a la tumba.

Luego de haberse levantado, Doly se abrochó la falda, se abotonó la camisa y colocó alrededor de su cuello un lazo que sostenía su delantal blanco. Una vez vestida, se dirigió al baño, en donde se cepilló los dientes, desmenuzó el sucio de sus ojos con agua y utilizó el cepillo de su madre para peinar su cabello revuelto. Posteriormente, coló un café oscuro y cargado que no terminó por completo, intentando compartir con su hermana menor, que aún dormía. Finalmente, se dirigió hacia la calle por la puerta trasera.

Ambos padres de Dolores fueron farmacólogos en vida, razón por la cual habían montado una pequeña farmacia a las orillas de la cordillera central de Puerto Rico. Por mucho tiempo fueron felices, pero la muerte de su padre, el señor Ramón Fuertes, convirtió a la mamá de Dolores, la señora Gisela Fuertes, en una alcohólica social. Lentamente, la vida de la familia Fuertes se tornó en una pesadilla. Todo comenzó con un diagnóstico fallido de *leptospirosis* que tomó la vida del padre de Doly, sin oportunidad ninguna de recibir penicilina o tratamiento alguno. Murió forrado de un sudor espeso amarillo que cubrió cada espacio de su cuerpo, causado por un fallo hepático y renal progresivo, sufriendo cada segundo de su súbita muerte.

Ahora, tres meses después de la defunción del Sr. Fuertes, su hija había adquirido la responsabilidad de hacerse cargo de la farmacia que adueñaban. Mientras su padre estaba vivo, la señorita Fuertes se encargaba de la misma, usualmente desde las 3 p.m. a las 5 p.m.; hora a la que solían cerrar la mayoría de los mercados en aquel tiempo. Ahora que ya había acabado sus estudios de secundaria y su progenitor había fallecido, se encargaba del negocio de 7 a.m. a 3 p.m., hora a la que, algunas veces, era relevada por su madre, Gisela, la farmacóloga ausente. Dolores tenía solamente una hermana, llamada Rosita Fuertes, cuatro años menor que ella, pero todavía era muy chicha para encargarse de la farmacia.

Una vez Doly se incorporaba fuera de sus sueños, su vida comenzaba la misma rutina periódica. Se arreglaba y preparaba el café, después salía por la puerta trasera y caminaba por el camino de tierra. Llegaba a las orillas del pueblo y miraba a la *Farmacia Fuertes*, después abría las puertas y esperaba por la clientela. Escuchaba al Dr. Evaristo y despreciaba sus indecentes propuestas, después barría la solitaria entrada y trapeaba las lozas desechas. Miraba las fotos de su amado Samuel y recordaba cuánto lo amaba, después olía la soledad del aire y lloraba por su tristeza. Luego encendía la radio y rezaba por el fin de la guerra, después sumergía sus sueños en angustia y esperaba, finalmente, a que el cartero apareciera. Una y otra vez se repetía esta secuencia de pasos cíclicos, que continuaban aportando a la futura transformación de la señorita Fuertes a doña Mother.

Durante una tarde, a mediados de diciembre, Dolores recibió su primera carta de amor escrita por Samuel. Cuando le entregaron el sobre, sintió una mezcolanza espesa entre alivio y alegría que se difundió por los pliegues de su piel; ciertamente, estaba alegre. Devoró cada una de las hojas de la carta tan rápidamente que, cuando terminó de leer la última línea, buscó en el buzón con la esperanza de encontrar otra correspondencia, pero nada encontró. Como consecuencia, releyó la carta una y otra vez, hasta que casi memorizó cada línea dentro del mensaje de amor escrito por Samuel. En cuestión de horas, se sumergió tanto dentro de los confines de los relatos del sargento Pérez que pudo vivir cada fusil que fue detonado sobre el suelo norcoreano, pudo vislumbrar cada vida borrada de la lista fútil de *La 65 de Infantería* y pudo inspirar cada aliento de cansancio que cobijaba la carta.

A pesar de que Samuel le escribió, aproximadamente, ochenta y nueve cartas de amor a Dolores, él nunca mencionó a Hidoki Kao o a su pulmonía bacteriana. Cada carta recibida contenía sus anécdotas durante los siete días de la semana en que pudo escribirle. Estas siempre comenzaban y terminaban de la misma forma. Primero le narraba, con lujo de detalles, lo que había hecho durante el día, sus temores, las batallas y lo horrible de la guerra. Posteriormente, le contaba durante varios párrafos lo mucho que la amaba y que mañana... Sí, con la palabra mañana cerraba el cuerpo de su anécdota diaria y dejaba abierto el comienzo para el día subsiguiente. Finalmente, en el último día de la semana, se despedía, le repetía que la amaba y continuaba con la versión puertorriqueña de *Las Mil y Una Noches* desde Corea.

Dolores permaneció a cargo de la *Farmacia Fuertes* durante toda la depresión causada por la guerra. A sus 19 años tuvo que hacer de tripas corazón para sacar a su familia adelante, ya fuese trabajando sin descanso o comiendo cada vez menos. Con el pasar del tiempo, la única esperanza que tenía de toda salvación se encapsuló en la futura llegada de Samuel de las cordilleras asiáticas. En la soledad del negocio, aprendió a ocultar sus sentimientos de alegría y comenzó, paulatinamente, a acelerar su proceso de odio hacia la humanidad. En general, había días que pasaban más rápidos, pero los que no, aquellos que eran estacionarios, parecían ser eternos en su mente.

Aun cuando su madre, Gisela, estaba viva, su existencia era casi inútil. A sus 45 años de edad todavía conservaba una buena figura y su cara parecía la misma de la que alguna vez fue joven y delicada. Con la muerte del padre de Doly, su mamá había adquirido una costumbre, cada vez más progresiva, de vestirse coquetamente, ponerse perfume, maquillaje e ingerir alcohol. Al principio lo hizo por depresión, pero luego quedó convencida de que quizás podría conseguirse un nuevo marido y retornar así su felicidad. Seis meses después del suceso, la antigua señora Fuertes se encontraba totalmente sola, pero completamente alcoholizada. Bebía tanto que lentamente dejó de comer y simplemente basaba su dieta en las calorías del alcohol que ingería con una que otra fruta o pedazo de pan. Se la veía en la *Cantina de don Pedro* hasta largas horas en la noche, aceptando tragos de cualquier hombre con dinero para pagárselos. Ella no era pobre, pero creía que esto la ayudaría a conseguir su novio nuevo. Muchas veces les daban estos tragos de gratis, otras veces se los intercambiaban por un beso o por favores sexuales. Pronto, Gisela Fuertes se convirtió en la «buena vida» del vecindario, en la corteja nocturna de muchos hombres casados. Por tal razón, la cantidad de clientes en la farmacia, sobre todo femeninos, mermó hasta el punto de que solo se veía entrar en ella a las personas que tenían algún familiar muy enfermo y que no tenían forma alguna de llegar al próximo pueblo o a San Juan. Paulatinamente, el mundo de Dolores se fue derrumbando hasta aparentar no tener escapatoria. En innumerables ocasiones, consideró escaparse de todo aquello para irse a buscar suerte en algún otro lugar. Pensó en todo, desde volverse adicta al alcohol, tal y como su madre, hasta cortarse las venas o ingerir alguna de las miles de medicinas que tenían en la farmacia para quitarse su vida. Agraciadamente, su depresión no la venció y nunca trató de suicidarse; no por falta de ganas, sino por la esperanza de que llegara Samuel.

Por tal razón, las cartas del sargento Pérez se convirtieron en la única alegría que tenía en su vida. Una vez el cartero le entregaba la misma, ella sabía dos cosas: primero, que al menos varios meses atrás, su amado estaba vivo y, segundo, que aún existían esperanzas de que su sueño se volviera realidad. Aquellas cartas eran como un amor del pasado transportado al presente, como una especie de señal entre ella y la de un Samuel que estaba vivo tres meses antes y que aún la amaba con todo su ser. Mensualmente, fue recibiendo una, dos y hasta tres cartas durante los casi dos años que estuvieron separados por la guerra. Todas firmadas con un: «*Te amaré por siempre, Samuel*». Todas redactadas con su amor profundamente tallado en las palabras escritas.

Desafortunadamente, llegó el día en que la alegría de las cartas se transformó en tristeza. Y es que, durante un mes entero, no recibió ni una pequeña nota apresurada escrita por el sargento Pérez. Y aquella pena no terminaría, ya que un mes se convirtió en dos meses y, lentamente, los días fueron conectándose hasta que el calendario marcó cinco meses sin ningún tipo de noticia de su novio. Dolores estaba cansada, preocupada y completamente incomunicada de su estatus. Ciertamente, vivía a la expectativa de lo que podía haberle ocurrido o no. Sus días en espera fueron alargándose y se amontonaron como una montaña de fechas marcadas por miedo de haberlo perdido. Diariamente, sus ilusiones se desbarataban con la incógnita de no saber de él. Como resultado, la zozobra comenzó a apropiarse del alma de Dolores.

Durante esos meses su único consuelo era no recibir un telegrama anunciando su muerte de parte de la milicia, pero esto dejó de calmarla cuando se dio cuenta de que tal vez nunca la contactarían, sino que simplemente le dejarían saber a su madre, ya que no estaban casados. Fue entonces cuando empezó a buscar a diario en todos los periódicos, para ver si encontraba su nombre. Nada halló. Llamó a la Cruz Roja americana semanalmente; nadie le supo decir. Trató de contactar a su futura suegra, a la cual nunca había conocido y que vivía a varios pueblos de distancia, pero nunca la halló. Finalmente se dio por vencida de toda idea de felicidad y comenzó a encerrarse en un estado de completa enajenación que, con los días, adquirió un matiz impenetrable.

La tristeza le robó el hambre y el sueño. Ya casi no comía nada o dormía, solo tomaba agua, café negro y jugo de china. Perdió mucho peso y ni sus trajes le servían. Se pasaba las noches mirando hacia el techo, encerrada en su cuarto y sudando de pies a cabeza, mirando a los majes volar sobre el mosquitero de su cama. Desde hacía meses ya no hablaba con Cecilia, su mejor amiga. De hecho, en aquellos tiempos abría la farmacia a las 12:00 p.m. y la cerraba a las 2:45 p.m., hora a la que pasaba el cartero.

La señora Fuertes, por su parte, seguía de mal en peor. Debido a la peculiar fama que había creado alrededor del pueblo, los hombres no solo esperaban a que llegara a *Cantina de don Pedro*, sino que a veces se aparecían en su casa con botellas de ron y sus penes dispuestos, pasando la noche entera.

La casa de *Los Fuertes* pronto tomó un aspecto de casi burdel; a tal grado que, al menos una vez en semana, durante los viernes o sábados, llegaban visitas esparcidas de grupos de tres y de cuatro mujeres que pasaban las noches en fiestas con hombres, fumando y bebiendo, dentro de los restantes cuatro cuartos de su hogar. Las visitas entraban en compañía de individuos desconocidos y salían usadas, con perfume de cigarrillos, ron y cerveza sobre sus cuerpos. Para aquel entonces, a Doly ya no le importaba lo que sucediera. Para ella, su vida había acabado; especialmente si su amado estaba muerto.

Esta enajenación en la que estaba sumergida tuvo su fin durante una de tantas noches en la que su madre convirtió nuevamente el hogar donde se crio en un prostíbulo improvisado y clandestino, mientras formaba una de sus grandes fiestas. La luna pertenecía a la de una noche a mediados de agosto, mientras que las manecillas del reloj se besaban a las 11:55 p.m. Acababa de pasar la noche en casa de Cecilia, por primera vez en más de seis meses, llorando e intentando despejarse de lo patético de su presente. Al llegar a su casa encontró botellas vacías de licor en el jardín principal. Seguido, abrió la puerta de entrada y quedó convencida de que aquel olor a cigarrillos, clamidia y gonorrea no era casualidad. Aparentemente, todas las rameras del barrio estaban allí reunidas. Pero aquella noche sería distinta, quizás por destino o por mala suerte, ya que justo antes de subir las escaleras, Dolores escuchó una voz conocida que le detuvo el corazón. Aceleradamente, llegó a la planta superior de la casa para, con ojos de espanto, descubrir a su hermana menor, Rosita, totalmente emborrachada, casi inconsciente, y con las piernas alrededor de un hombre desconocido que bruscamente la violaba, como intentándola hacer mujer. Dolores no perdió el temple ni por un instante, sino que caminó aceleradamente hacia la cocina en el primer piso, sacó el revólver de la familia, que su padre le había enseñado a usar, junto con una caja de balas y, una vez en mano, subió nuevamente las escaleras, de dos en dos, directa a la habitación de su hermana. Al cruzar la puerta, comenzó a disparar indiscriminadamente hacia las paredes, el techo y las ventanas, mientras se escuchaban gritos, *«carajos»* y pasos acelerados por cada rincón de la casa, bajando por las escaleras y rastrallando las puertas. Instintivamente, Doly continuó disparando hacia el techo, según iba recargando el revólver y paseándolo de cuarto en cuarto, hasta que no quedaron hombres borrachos (ni prostitutas amateurs) dentro de su casa. Finalmente, recargó por tercera vez las seis balas de la pistola y se dispuso a ejecutar aquello que creyó propio de haberse hecho hacía ya un largo rato.

Con paso fuerte, la señorita Fuertes caminó directamente hasta el cuarto de su madre, sin tan siquiera detenerse para socorrer a su hermana menor, que estaba tendida sobre su cama, en un baño de licor, himen con sangre y sudor. Cuando llegó al interior de la recámara de la señora Gisela Fuertes, la encontró tirada sobre su cama, rodeada de una pila repleta de basura y de semen capaz de haber llenado varios cuartos de la casa.

—¡Puta! Recoge tus cosas o te juro que te mato a tiros con la pistola de papi. Luego te corto en pedazos y te riego en trozos por algún matorral —dijo Dolores con una convicción tan grande que era imposible ignorar.

—*Pegro, ijja, ké dijezs ji yio joy ktu madgre* —dijo en su jerga de ron y aguardiente.

Dolores no perdió más tiempo. Simplemente, alzó su revólver, calibre 22, a la altura de su hombro y jaló el gatillo. El tiro pasó a 4.2 cm hacia la derecha de la cabeza de su casi víctima. En realidad, falló. Sus intenciones reales eran probablemente matarla. Luego de aquel disparo desatinado, su madre se levantó de la cama con una mano en su oído derecho, gritando y temblando mientras, a duras penas, hacía una pequeña maleta. Jamás, nunca jamás, la volvería a ver o supo de su paradero exacto. Sus abogados se encargaron de traspasar todo a su nombre, con la condición de que no la llevaría a corte por lo que permitió que le hicieran a Rosita durante aquella noche. Avergonzada y sin muchas opciones, Gisela aceptó, sacó los fondos que tenía en el banco y se largó para siempre. Alguna vez escuchó rumores de que se había fugado con uno de sus tantos amantes a Nueva York. Muchos años después también escuchó que murió sola, vagabunda, en un albergue de mujeres casi tres años después de aquella noche en que casi la mató. Francamente, a la señorita Fuertes no le importaba. Su metamorfosis a la futura doña Mother estaba casi completa.

Le tomó muchos meses hacerlo, pero haber sacado a su madre de su vida fue mucho más terapéutico que cualquier medicamento antidepresivo o antipsicótico. Por varias semanas se dedicó a cuidar de Rosita, a limpiar su casa y a recoger cada detalle que su mamá había destrozado gracias a su alcoholismo y adicción, probablemente también, al sexo. Sus acciones, y cómo sacó a Gisela Fuertes de su vida, fueron bastante bien apreciadas por el pueblo entero. Lentamente, más clientes comenzaron a usar la farmacia y pudo contratar a un farmacéutico para remplazar a su madre (quién irónicamente no había trabajado durante hacía mucho tiempo).

Fue para finales de julio, casi dos años después de haber partido Samuel a la guerra, que Dolores escuchó el timbre de su casa sonar de una forma bastante peculiar. Desesperada por saber si era cierto, salió corriendo hasta llegar a la puerta principal, en donde vio a aquel militar vestido de uniforme que tanto amaba. Para su sorpresa, Samuel estaba vivo, aunque no tanto como ella creía. Tan pronto la vio, le dio un abrazo tan fuerte que Dolores sintió como si él jamás hubiese partido hacia la guerra.

—Cásate conmigo —dijo Samuel tan pronto terminó de abrazarla.

—Seguro que sí, ¡te amo, te amo, te amo! —respondió Dolores, mientras lo besaba repetidamente y se limpiaba las lágrimas.

Durante aquella tarde se hicieron el amor hasta largas horas de la noche, teniendo así la delicia de lo que tanto habían guardado. En la mañana siguiente, Doly se levantó y le cocinó a su futuro marido. Él se sentó, comió cada bocado del plato y retornó al cuarto disimulando que era el mismo, que no había cambiado. Desde ese día, sus vidas habían sido unidas por siempre.

A pesar de todo el amor que sentían el uno por el otro, su matrimonio estuvo destinado a ser solo una ínfima parte de lo que alguna vez tuvo el potencial de convertirse. Lo cierto fue que, después de la llegada de Samuel de la guerra, ninguno de los dos fueron los mismos. Ciertamente se amaban, sin duda alguna, y no había nadie con el cual preferirían continuar sus vidas. Pero, ellos, los jóvenes del pasado, más nunca fueron los mismos. Ambos se miraban a la cara y no encontraban aquel rostro al que besaron por primera vez; solo estaban los estragos de la guerra, de la depresión, de la culpa que habían remplazado a aquellos ojos enamorados y los suspiros compartidos debajo del árbol flamboyán. Samuel había cambiado mucho durante la guerra al matar a Hidoki Kao y Dolores hizo lo propio al dispararle, desatinadamente, a su madre. A través de sus vidas hicieron un pacto, no hablado, para amarse a su modo y así envejecer juntos.

Fue el mes después de que Samuel hubiera llegado de Corea que el señor y la señora Pérez finalmente contrajeron matrimonio. La ceremonia fue católica y muy pequeña. Casi menos de veinte personas asistieron. El padre Rodrigo fue quien los unió ante Dios, en la capital, y tuvieron una cena modesta en un restaurante privado, por motivos de fotos y recuerdos.

Durante la siguiente semana, Dolores le dejó casi todo lo que heredaron de sus padres, incluyendo la *Farmacia Fuertes*, a su hermana menor. Con el pasar del tiempo, se distanciaron y supo cada vez menos de ella. Nunca fue muy cercana a sus sobrinos, que nacieron primero que Sebastián e Ian. Tampoco prestó mucha atención a su cuñado, Heriberto, el cual se casó con Rosita y siempre la trató como a una princesa. Con los años, Rosita y Heriberto se encargaron completamente de la farmacia y solo se veían cada otro año, durante alguna ocasión navideña en la que necesitaban pasar tiempo familiar. Siempre se amaron y llamaban casi mensualmente para saber cómo estaban. Se escribían cartas y enviaban fotos, pero no eran realmente tan cercanas como alguna vez habían sido. Quizás fue falta de motivación por ambas, pero lo cierto es que Dolores siempre se echó la culpa de todo el daño que les causó su madre; en especial durante aquella última noche que la vieron. En su interior siempre vivió avergonzada de haberle fallado a su hermanita, a pesar de que no fuese su culpa.

Luego de casados, el Sr. y la Sra. Pérez se mudaron a una casa de campo magistral, no muy lejos de San Juan, e intentaron olvidarse para siempre de sus pasados. En aquel hogar pasaron juntos muchos y largos años sin concebir niños, hasta que la Sra. Pérez, finalmente, quedó embarazada. Con mucha alegría, doña Mother parió a Ian, su primer hijo, a los 35 años.

ʃʃDuodécimo

Cuando llegó a su apartamento, Sebastián todavía conservaba la sonrisa de Violeta pintada en su memoria. Después de haberse desabotonado su camisa, se dirigió al baño y se duchó. Una vez terminó, se colocó una toalla estilo bata sobre su cuerpo y caminó hacia la cocina para prepararse un refrigerio. Luego de varios instantes de deliberación frente a su nevera, Seba se decidió por una copa de vino tinto, con una buena porción de queso de bola y galletas saladas. Mientras cortaba los trozos de queso, le vinieron imágenes de lo extraño que había sido aquel día. Primero por los problemas con el asegurador, segundo por aquel olor de mujer mezclado con sangre en casa de Ian, más tarde por la discusión con doña Mother y la coqueta presencia de una desconocida frente a su coche, a la que casi mató por accidente. Callado, tomó un poco de vino mientras comía un poco más de queso, parado frente al tope de la cocina, y pensaba: «Sí, fue un día bastante raro», pero no dejó de recordar las revelaciones de la niña sorda, quien conocía de alguna manera el nombre de Violeta, y la exquisitez del viaje de vuelta junto a la Srta. Contreau.

Vino, galletas y queso en mano, Seba se dirigió hacia la sala, agarró su control remoto y presionó el botón rojo-ovalado, con las letras «ANTENA» escritas en color blanco. De repente, empezaron a aparecer imágenes, más bien recuerdos, de su día. Sebastián había descubierto esta interesante capacidad de su televisor hacía cinco años cuando, accidentalmente, presionó el botón de «ANTENA», en vez del de «ON/OFF», y tuvo la oportunidad de presenciar los sucesos que habían transcurrido durante su día.

Gracias a esta extravagancia informativa, Seba era capaz de recrear, en cámara lenta, rápidamente, o de atrás hacia adelante, cada instante vivido mientras estaba despierto. A pesar de que sonaba extraordinario tener un aparato con estas capacidades, él muy rara vez lo utilizaba. Esto se debía a que tenía varias limitaciones. Para acordarse de las mismas, Sebastián L. Pérez había anotado en una hoja de papel las instrucciones empíricas recopiladas a través de los cinco años de uso.

Reglas de uso del botón «ANTENA»:

1. Para acceder a sus maravillosas capacidades, tienes que tener la misma composición genética y haberte sometido a las mismas presiones ambientales y psicosociales que Sebastián L. Pérez-Fuertes (gracias a Dios, no funciona con doña Mother ni nadie más que no sea yo en el universo).

2. Sólo pueden verse los sucesos ocurridos en primera persona, durante el día en cuestión, y diez minutos antes de presionar el botón (o sea, no puedo ver nada más viejo de 24 horas ni más cercano a diez minutos de la hora en que presioné el botón).

3. Es imposible utilizar cintas reproductoras de imágenes. De intentarlo, se ve estática en lugar de la imagen y se escucha un ruido agudo en vez del sonido escuchado (créeme, lo he intentado y, desafortunadamente, no hay forma de guardar copias, solo puedes verlo el día en que sucedió).

4. Aun cuando haya sido Sebastián L. Pérez-Fuertes el que apretó el botón «ANTENA», ni las imágenes ni el sonido pueden ser observadas por nadie que no sea él (por favor, refiérete a la regla #1, no me debo preocupar si no estoy solo, aun cuando yo encienda el televisor, nadie más puede husmear).

5. Sólo puedes ver los sucesos ocurridos mientras estás despierto y desde tu punto de vista. No hay manera de recopilar información si no estabas consciente (en otras palabras, asegúrate de estar despierto si quieres ver nuevamente algo, no hay forma de ver lo que pasó, se dijo o te hicieron mientras dormías y mucho menos si tú no lo viste).

6. Si estás leyendo estas instrucciones y piensas que estoy «loco», has caído en mi trampa, esto en un chiste, disfruta mi tele y repite: «!Vamos arriba, Puerto Rico!».

Con estas cinco reglas y el punto seis, que servía para espantar a cualquier persona husmeando en su apartamento y que leyera accidentalmente sus instrucciones empíricas, Sebastián tenía la seguridad de utilizar apropiadamente el botón «ANTENA» cada vez que se le antojaba. Por tal razón, mientras guiaba de camino a casa de Violeta, había procurado observar cada detalle que la componía. Con la ayuda del televisor, se fijó nuevamente en sus ojos y en lo delicado de su piel. Recordó lo intenso de su mirada y lo solitario de su adiós. Sebastián estuvo hasta las 11:59 p.m. con 59 segundos observando a Violeta, estudiando su perfección. Por alguna razón había algo en ella diferente a las demás. Tan pronto apagó el aparato, caminó hasta su cama, se puso una ropa más cómoda que la bata/toalla húmeda que llevaba y se acostó a dormir.

El sonido del despertador marcaba las 9:12 a.m. Por un segundo pensó en permanecer sobre su cama, pero la idea espeluznante de perder la cita con Violeta lo obligó a levantarse. Por alguna razón, Seba sintió la necesidad de mirar hacia su derecha. Al hacerlo, encontró una nota análoga a la primera, escrita también en tinta china y colocada en la misma posición sobre su buró.

A vos le queda menos de un año de vida

Sebastián sintió nuevamente miedo, su corazón palpitó con desespero y tuvo la impresión de que su cuerpo estaba a punto de levitar. En esta ocasión controló sus ansias enormes por llegar a la India y recorrer el Taj Majal, por entrar al televisor y tratar, infructuosamente, de volver a un pasado que no observó, a aquel instante en que había aparecido esa nota que, aparentemente, seguiría presente durante el resto del año. En realidad, no tenía sentido buscar un culpable. «Si llego a encontrar al gracioso que escribe estas notas le voy a dar una paliza inolvidable», pensó para sí.

Aun cuando su corazón continuó agitado, Sebastián decidió agarrar la nota, hacerla pedazos y arrojarla en su zafacón. Una vez se aseguró de haberla destruido, apresuró su paso y decidió arreglarse con la intención de ignorar, otra vez, el aviso de su sentencia final.

Su reloj marcaba las 10:47 a.m. El *Paseo de la Princesa*, en el Viejo San Juan, aparentaba estar tan idóneo como siempre para pasar una velada tranquila. Sebastián paró por un segundo para suspirar con detenimiento ante todo cuanto lo rodeaba. En lo alto, se podía observar el azul del cielo y lo brillante del sol. La brisa era mansa, pero refrescante y fácil de respirar. Algunos niños corrían felices muy cerca de los bancos, brincando de emoción y comiéndose unas piraguas rojas, probablemente de frambuesa. Con mucha alegría, continuó caminando tranquilamente hasta llegar a la fuente principal, al final del paseo. Tenía siluetas intercaladas de hombres y mujeres entrelazándose, como formando una especie de danza victoriosa. Mientras contemplaba la escultura de las siluetas, Sebastián no podía sacar de su mente a Violeta.

Así pues, distraído por todo a su alrededor, el Dr. Pérez-Fuertes no se percató de la presencia de la Sta. Contreau en una esquina del paseo. Estaba sentada en un banco de madera que se encontraba dentro de un pequeño jardín interior. Al verla, quedó mudo. Llevaba un traje blanco y un libro en su falda que leía muy despacio. No sabía si decirle «hola» o permanecer en silencio. No tenía idea de si debía acercársele o si mejor seguía estudiándola, absorbiendo cada movimiento, conservándola en su memoria. Sin darse cuenta, transcurrieron poco más de cinco minutos hasta que decidió acercarse a hablarle.

—Hola, qué casualidad encontrarla aquí, durante esta mañana —dijo Seba finalmente.

—Lo dice y no lo sabe —respondió Violeta un tanto enrojecida, mientras marcaba su página y cerraba su libro.

—Me llamo Sebastián II, príncipe de estos territorios, ¿y usted se llama?

—Me conocen como la princesa Contreau, pero la mayoría de la gente me llama Violeta —contestó, ahora más enrojecida.

—Pues, princesa Contreau, me gustaría informarle que tiene una bella sonrisa.

—Le agradezco el cumplido, pero lamento informarle que tal parece que no ha visto suficientes sonrisas a través de su familia real —ambos sonrieron.

Sebastián se sentó a su lado y conversaron por poco más de dos horas. Luego subieron por la *Puerta de San Juan* y se acomodaron en un restaurante sencillo, criollo, para almorzar. Violeta hablaba mayormente de anécdotas leídas en libros, de la Iglesia católica y de su hermano Júnior, el paralegal/escritor. Sebastián le contaba de sus padres, de su hermano mayor, pero muy mínimo de su trabajo. Ambos permanecieron conversando durante toda la tarde hasta que, a las 7 p.m., decidieron caminar por el resto de la parte turística del Viejo San Juan. Merodearon por los muelles y compartieron un helado, luego subieron por los adoquines hasta que llegaron al *Castillo del Morro*. Allí, se sentaron sobre sus verdes pastos y observaron las estrellas. Según fue incrementando el tiempo compartido, sus cuerpos comenzaron a sentir la fragancia del otro. Tanto Violeta como

Sebastián sabían que no era usual la manera en que se habían conocido y que, si el destino existía, seguramente algún propósito tenía entre ambos. No era tan fácil obviar aquella sensación de unión que les incitaba a acercarse y a continuar conversando. Fue a las 12:15 a.m. cuando Violeta se dio cuenta de que hacía mucho que se había excedido de su toque de queda autoimpuesto. Pero, a diferencia del día anterior, se reservó este comentario y permaneció callada.

—Me fascinan tus ojos —dijo Seba, mientras removía con sus dedos el cabello sobre el rostro de Violeta.

—Gracias, pero no tienen nada de especial, son normales —dijo Violeta, mostrando una sonrisa leve que era incapaz de ocultar.

Justo cuando Violeta terminó de decir esta frase, Seba deslizó sus manos por su delicado cuello. Lentamente, sus labios se acercaron hasta besarse. Se besaron por largas horas, sintiendo cómo cada uno encontraba un refugio junto al otro ante el mundo exterior, hallando así una salida de lo ordinario y una entrada hacia lo magnánimo.

Esa noche permanecieron despiertos hasta que el sol los acompañó. Hacía poco menos de tres días que se habían conocido, pero, a pesar de lo poco, durante aquella madrugada nacería eso que solo con el alma se siente. Y es que por más sonetos que se escriban, por más versos que se plasmen, aun con toda la prosa de este universo, solo amando se puede entender lo inmenso e infinito de esa gran esfera que sigue su rumbo sin detenerse y que transporta nuestras almas a ese encuentro con la verdadera razón de vivir. El amor es el tren de nuestras almas, que nos transporta hacia los momentos más felices y tristes de la vida.

ſſDecimotercero

Cuarenta y siete citas. Distribuidas entre cenas, boleros, salsa y chachachá, paseos por la playa, caminatas por el *Bosque Nacional del Yunque*, pinturas, galerías, copas de vino, cines, helado, tiendas de libros, novelas, teatro, conciertos, bibliotecas y la iglesia, por supuesto. Todas estas ocurriendo poco a poco, una o dos veces a la semana, hasta que se tornaron en rutinas, viéndose a diario.

Desde aquella tarde-noche-mañana en el Viejo San Juan, Sebastián y Violeta habían compartido cuarenta y siete citas en setenta y dos días. Milagrosamente, el Dr. Pérez-Fuertes había adquirido la afortunada costumbre de llegar temprano a su oficina, de atender placenteramente a sus pacientes y hasta de regalarles una sonrisa mientras realizaba su trabajo. En vez de solo tres días, estaba abriendo su oficina cuatro días a la semana. Durante los días de trabajo llegaba a las 8 a.m. en punto, después de haber recogido a Violeta y haberla llevado a su trabajo. Entonces atendía a la mitad de sus veinte o veinticinco pacientes antes de almorzar.

Justo después de terminar su comida, iba al hospital a pasar visita de sus pacientes recluidos y después regresaba puntualmente a la sala de operaciones para hacer colonoscopias de 3 p.m. a 5:30 p.m., hora a la que normalmente terminaba de escribir sus notas y dictar sus procedimientos. Luego conversaba por veinte minutos con Natalia mientras la ayudaba a organizar los archivos médicos o a cuadrar los ingresos del día y se preparaba para partir a las 5:55 p.m. a recoger a su novia, la Srta. Contreau.

En Violeta también podía notarse los efectos de su novio. Ciertamente, había algo distinto en su mirada, un brillo de alegría en su sonrisa, un suspiro casual de amor. Durante un día de trabajo, la Srta. Contreau acababa sus labores a las 5:48 p.m., hora a la que ponchaba su tarjeta de turnos, se despedía de Víctor, el conserje de la tarde, y caminaba hacia la esquina de la biblioteca, donde usualmente se estacionaba Seba. De lunes a viernes ocurría esta secuencia, sin importar si Sebastián tenía el día libre o no.

El día número 72, después de haberse conocido, cayó en viernes y Violeta salió a las 5:59 p.m. por la puerta principal de la biblioteca municipal. Una vez se montó en el carro de Sebastián, ambos se saludaron con un beso, se abrazaron por varios segundos y se dijeron te amo.

—¿Cómo estuvo tu día? —preguntó Violeta tan pronto se abrochó el cinturón.

—Estuvo muy bueno, veintidós pacientes y ninguno, gracias a Dios, está de cuidado extremo. Y usted, princesa Contreau, ¿cómo estuvo su día?

—Pues muy bueno. Hoy llegaron varias nuevas ediciones de libros y me entretuve bastante entre un libro de anatomía cardíaca de Frank Netter y una colección de cuentos puertorriqueños, llamada *La Anastomosis*, escrita por un tal Rafael Samuel García Cortés.

—Tremendo, ambos libros suenan muy interesantes, los tendré que leer. Oye, perdona que cambie el tema, pero adivina qué tengo en mi bolsillo derecho —dijo Seba.

—No me digas, déjame adivinar. No me digas…, a ver, conseguiste dos boletos para ver al *Ballet de Nueva York* en el Centro de Bellas Artes de San Juan.

Efectivamente, Sebastián había conseguido, después de un mes y medio de intensa búsqueda, dos entradas para ver la única función en el Centro de Bellas Artes de San Juan del *Ballet de Nueva York*, acompañado por la orquesta sinfónica de Puerto Rico. A pesar de que le dañó la sorpresa, Seba no se sintió mal. Él sabía, por instinto, que Violeta adivinaría; casi siempre lograba anticipar sus intenciones.

—Mi amor, estoy de acuerdo con que sepas, de antemano, cada sorpresa que te pienso dar. Pero, por favor, al menos dime, ¿cómo lo haces? —preguntó Seba con sus ojos abiertos de par en par.

—Cariño, ¿cuántas veces te he dicho que los magos no revelan sus trucos? —dijo Violeta mientras le guiñaba.

Ambos sonrieron y continuaron conversando de todo cuanto les había pasado durante el día. Claro está, teniendo en mente que él solo contaba el pecado y no el santo: la salud de sus pacientes era confidencial. Luego de dejar a Violeta en su casa, Sebastián fue a su apartamento, se vistió apropiadamente y miró hacia el zafacón de su recámara. Estaba lleno de, al menos, setenta y dos notas deshechas que le auguraban, en tinta negra azabache, el final de sus días. Seba había hecho de todo para evitar que aparecieran. Desde cerrar herméticamente cada una de sus ventanas y comprar candados de combinaciones biométricas, hasta comprar un equipo de vigilancia para grabar durante 24 horas al día su recámara, su mesita de noche y los alrededores de su apartamento.

A pesar de que cambió la posición de la cámara casi a diario durante las primeras dos semanas, Sebastián nunca pudo explicarse por qué la misma no captaba el momento exacto en el que aparecían las notas. De hecho, el asunto era aún más misterioso, ya que en las grabaciones no habían ni rastros de cómo aparecía el papel. Aparentemente, el mensaje de muerte que cargaban las notas solo era visible por Seba; la tecnología no las percibían por completo. De todas formas, él tenía la certeza de no estar loco y hasta llegó a sospechar que existía algo sobrenatural en todo aquel asunto, en especial porque los orígenes de las cartas eran inauditos. La cámara lograba captarlas por primera vez tan pronto Seba se prestaba a agarrarlas, a pesar de que él sabía que estaban allí mucho antes de decidirse a acercárseles. Ni tan siquiera cabía la posibilidad de que las mismas fueran colocadas por Sebastián ya que, en el momento en que aparecían, la distancia física entre él y el buró era sustancial. Desde el punto de vista de las grabaciones de seguridad, la persona que colocaba las hojas de papel, o era invisible, o era tan rápida que las 32 fotos por segundo que filmaban continuamente eran incapaces de capturarla.

Sin importar la impertinente frecuencia con la que Sebastián encontraba las notas, nunca quiso notificarlo a la policía, por temor a que lo creyeran demente. Lo cierto era que hasta a él le resultaba increíble la existencia de un fantasma (invisible) escritor. Por tal razón, comenzó a sentir la urgencia de escapar de aquel arcano apartamento. Llevaba varias semanas convenciéndose acerca de la posibilidad de mudarse a la casa de campo que sus padres tenían a las afueras de San Juan, cerquita de Naranjito, entre los pueblos de Corozal y de Bayamón. De hecho, había meditado tanto acerca del asunto que hasta le había comentado sobre sus planes a Violeta. Claro está, nunca le había revelado los orígenes de su urgencia. Esto se debía a que quería conservar su imagen de lucidez ante ella a como fuera lugar. En sus entrañas, él sabía que, sin importar cuán lejos corriera, las notas seguirían apareciendo tan puntuales como siempre. Ciertamente, el mundo no es tan grande como para correr de uno mismo. Era consciente de eso, ya que en varias ocasiones que se quedó a dormir en el sofá de Violeta, al levantarse al siguiente día encontraba la nota, a su derecha, esperándolo como siempre: quieta, callada y enigmática. Como consecuencia, mudarse a la casa de campo no era una solución, sino una escapatoria inútil de un futuro que a diario se tornaba más cercano a cumplirse.

Mientras se sentaban muy juntos a observar al *Ballet de Nueva York*, Sebastián continuó pensando acerca de todas las movidas que debía realizar para mudarse a la casa de campo. A pesar de que la misma estaba disponible y habilitada, calculó que le tomaría al menos una semana y media realizar todos los preparativos. Esto se debía a que necesitaba notificar a todos sus bancos, al correo y sus acreedores, acerca del cambio de dirección. Tenía que preparar sus pertenencias para la mudanza, vender unos cuantos enseres que le iban a sobrar y empacar todos sus libros, zapatos, camisas de vestir, trajes y demás artículos personales. En adición, tenía que contactar a una agencia de bienes raíces para que se encargaran de vender el apartamento y también tenía que avisarles (y pedirles permiso) a sus padres. Por último, quería preguntarle a Mama, quien hacía varios años que vivía allí para cuidar la casa, si no tenía problemas con él compartiendo su espacio. Sinceramente, pedir permiso era lo que menos le preocupaba, debido a que sus padres seguramente accederían y Mama era un amor que nunca interfería en nada. Para estas fechas de años de retiro, ella solo se dedicaba a ver sus telenovelas con acento extranjero y a limpiar la casa durante la semana. Prueba de esto fue una ocasión, hacía poco más de un año, en la que Seba se quedó por varios días en la casa y solo la veía cuando se levantaba, momento en el que ella le preparaba el desayuno y le daba la bendición diaria. Durante el resto del día, su presencia ni se sentía.

Al salir del teatro, Sebastián estaba tan callado que Violeta se sintió sola.

—¿Te sucede algo? —preguntó Violeta.

—No, no me pasa nada —hubo un silencio por varios segundos y prosiguió—. Es que le he dado más pensar a la idea de mudarme a la casa de campo y he estado haciendo los preparativos mentales para la mudanza —respondió Seba, un tanto asustado de que le preguntara los motivos reales de tal decisión.

—No entiendo, ¿por qué estás tan empeñado en mudarte? —preguntó Violeta como si pudiera leerle la mente.

—En verdad no es por nada concreto —respondió el Dr. Pérez-Fuertes—. Es que necesito un cambio, la ciudad ya no me gusta y preferiría un nuevo escenario, solo por un tiempo.

—Cariño, como quiera vas a tener que viajar a San Juan todos los días para trabajar (con muchísimo más tráfico) y yo voy a seguir viviendo y trabajando aquí, así que de todas formas estarás rodeado del mismo escenario excepto por las noches. Además, hasta se nos puede hacer más complicado el vernos todos los días.

Sebastián sabía que Violeta tenía toda la razón. En realidad, la única explicación razonable para querer mudarse de San Juan era la continua aparición de las notas protervas. Por varios segundos, que parecieron horas para ambos, creyó que finalmente le podría contar la verdad a Violeta. Pero, justo antes de abrir su boca, decidió cambiar nuevamente a más excusas.

—Mi amor, el que me mude no va a afectar que nos veamos a diario durante la semana. Yo como quiera tengo una recámara/apartamento en el consultorio nuevo, en donde me puedo quedar a dormir si se me hace tarde o bien podría pasar la noche en tu sofá —dijo Seba sin convencer a Violeta.

—Sí, lo sé, pero como quiera estoy un tanto reacia ante la idea. Quizás es que me ha tomado por sorpresa, no sé —dijo Violeta mientras colocaba sus manos en su boca y soltaba un bostezo.

—De todas formas, todavía no está decidido el que me vaya a mudar, pero al menos sería bueno hacernos un poco a la idea.

Una vez frente a la casa de Violeta, Sebastián la acompañó hasta la puerta, en donde se abrazaron, se dieron un beso y se despidieron. A pesar de que llevaban poco más de dos meses de novios, Violeta y él habían hablado y respetado la decisión de no tener intimidad hasta después de casarse. Aquella noche no fue la excepción.

En su camino de vuelta, Sebastián reflexionó en su amor por Violeta. «La amo, realmente la quiero de la forma más pura», pensó repetidamente en silencio. A él no le importaba recibir a su novia virgen, a manos de su cuñado mayor, Júnior (a quien todavía no había conocido debido a unas riñas familiares entre Violeta y él cuando sus padres fallecieron, un tópico del cual ella nunca quería hablar). Tampoco le molestaba que ella respetara la promesa que le había hecho a su madre de llegar intacta hasta el matrimonio. A pesar de que casi nunca hablaron de la madre de Violeta, ni de su enfermedad, ni del dolor existente tras su muerte, Sebastián sabía que, hasta el último día de su vida, la Srta. Contreau sería siempre devota a dos cosas: a sus promesas y al recuerdo de su madre. Más aún, él sabía que ella la amó con todo su corazón y era más que consciente de que hubiese permanecido soltera, por el resto de su vida, si su mamá lo hubiese requerido.

De esta forma, quedó implícito que ambos se quisieron de una forma inocente. Ellos escogieron obviar la lujuria y la pasión, basando los cimientos de su amor simplemente en confianza, respeto mutuo y amistad. Ambos escenificaron una relación bastante pura, que los llevó a los confines más íntimos de sus personas. Pero este sentimiento no llegó hasta donde la vida los pudo haber llevado. Aquel tren del amor se desviaría algún día hacia los momentos más vacíos y oscuros de sus almas.

ʃʃDecimocuarto

Para Sebastián e Ian, el lago *La Plata* siempre fue un tanto místico. A primera vista, daba la impresión de tener la inmensidad del océano Atlántico, la profundidad del mar Caribe y la oscuridad del mar Negro. Sobre sus aguas se proyectaba un mundo de misterio, casi de penumbra. En su interior, por otra parte, era un lago muy callado y, en su silencio, sus pequeñas olas oscilaban de forma discreta, escondiendo cualquier secreto sepultado en sus confines. Aunque tímido, aquel cuerpo de agua estaba muy lejos de estar dormido. Si alguien quisiese perturbar su calma, estaba preparado para arrastrarlos hasta el abismo de sus profundidades.

Justo después de haberse casado, los Pérez-Fuertes compraron aquella propiedad ubicada al oeste de San Juan, en un pueblo entre Corozal, Naranjito y Bayamón, en la parte rural de Puerto Rico. Ahora, casi seis décadas después de que sus padres contrajeran matrimonio, Sebastián se encontraba parado justo al frente de la casa, mientras recordaba muchas memorias dentro de sus escondites. Ya habían pasado tres meses después de haberse mudado. Mientras recordaba, se transportó a los cientos de veces que corrió como un cabrito por los montes aledaños junto con su hermano. Luego movió sus recuerdos hacia la boda Pérez-Laví y a la gran fiesta de recepción realizada junto al lago; finalmente, dio un paseo por el aniversario de oro de sus padres y sonrió de la nostalgia.

«La nostalgia nos da la certeza de que el pasado valió la pena», pensó para sí mismo.

A la vez que paseaba por sus recuerdos, Seba no pudo evitar recordarse de lo mucho que había compartido junto con su hermano, Ian Samuel, durante su infancia. Recordaba, en especial, sus aventuras alrededor del lago en las que, sin importar lo tenebroso que aparentaba ser, ni la numerosa vegetación que yacía en sus alrededores, ni lo vasto de su volumen, lo habían logrado explorar juntos casi en su totalidad. Ambos crecieron allí y, a pesar de que hacía años que no compartían lo suficiente, aquel escenario enmarcaba el lugar en donde habían desarrollado sus más fuertes memorias.

La casa, por su parte, era inmensa y el lago formaba una especie de península alrededor de sus raíces. Sobre la puerta de entrada, pintada en azul cielo, había una placa que rezaba: *El Valle de los Pérez*. La mansión fue edificada en dos fases y remodelada en una ocasión por el ingeniero Ian Samuel Pérez-Fuertes. La estructura exterior era de cemento, con azulejos de techo españoles, tipo barril, dándole una imagen distinta a la de la arquitectura caribeña de mediados del siglo XX. Las paredes externas estaban pintadas de color amarillo claro y sus bordes del techo conservaban el terracota antiguo con el cual fue construida. En su interior tenía una oficina y siete recámaras amplias, que nunca habían sido ocupadas al mismo tiempo. En adición, contaba con una cocina bastante cómoda y remodelada, un salón de juegos con billar, un televisor gigantesco con barra, dos salas muy bien amuebladas, un piano junto a un salón de conciertos (repleto de polvo), nueve baños completos, un salón comedor y numerosos cuadros al óleo pintados por artistas del patio. El hogar de los Pérez-Fuertes fue construido sobre el tope de un pequeño cerro y a sus pies nacía la inmensidad del lago *La Plata*, cubriendo tres de las cuatro vistas a su alrededor y conectando con la casa a través de unas escalinatas de madera que servían de paseo tablado. Allí anclaban los botes y había una casita en donde dejaban las cañas y el equipo de pescar.

Varios meses después de haberse mudado, Sebastián todavía no había logrado resolver su problema de aparición de notas insólitas. Aun cuando había cambiado su código postal, las mismas seguían apareciendo con el mismo destinatario. La única diferencia era que antes aparecían en su buró y ahora aparecían en su escritorio. Ya para aquella fecha, el calendario de Sebastián cumplía 147 días consecutivos de cartas aparecidas desde que conoció a Violeta. Para él, este asunto había comenzado a adquirir un matiz de desesperación y se había vuelto un tanto paranoico con cada mensaje adicional que leía. Durante su trabajo, le causaba bastante preocupación la posible veracidad de las mismas y había ocasiones en las que tenía que tomarse una hora de descanso para calmar sus nervios. Cuando estaba con Violeta, la sola idea de perderla creaba un sentimiento de terror que no lo dejaba disfrutar al máximo cada detalle. Sentía como si aquellas palabras escritas fueran los síntomas de un cáncer, no diagnosticado, creciendo dentro de sus entrañas y sin capacidad de ser tratado o extirpado. Comenzó a creer, con muy pocas dudas, que se quedaba corto de vida. De esta forma habían transcurrido estos últimos meses. Peor aún, así transcurrirían los próximos seis meses de lo que aparentemente sería el final de su vida.

Una vez volvió de su recorrido por el pasado, Sebastián continuó observando en silencio cada detalle de la estructura. Estaba parado exactamente al frente de la casa, mientras su mirada paseaba por la nitidez de su pintura, por lo limpio de sus alrededores y por la frescura de los flamboyanes de color anaranjado. Aquel olor a tierra silvestre era inconfundible. Era este sabor a naturaleza, junto con sus verdes arbustos, caminos en piedras y el abrazo de sus memorias los que creaban un ambiente relajador para Seba. «Esto es perfecto», pensó para sí mismo, «ojalá y pudiera compartir un hogar junto con Violeta dentro de esta casa».

Al entrar en la casa, Sebastián colocó en la cocina la comida que había comprado hacía ya varias horas. Durante esa noche, el número de encuentros consecutivos con Violeta alcanzaría las noventa y tres citas en casi ciento cuarenta y siete días. La prescripción de aquella noche se componía de una cena romántica a la orilla del lago y bajo la luz de la luna. Por tal razón, había escogido meticulosamente cada detalle de la comida. Sólo faltaba cocinar la cena, colocar la mesa en el paseo tablado, colocar veinte o treinta quinqués y poner música suave. A pesar de que ya llevaba algún tiempo viviendo en la casa de campo de sus padres, la realidad era que todavía no había invitado a Violeta para que la conociera. Llevaba semanas planeando el momento perfecto y todo apuntaba a que aquella noche sería la indicada para hacerlo.

Luego de haber preparado cada detalle de la cena romántica, se vistió rápidamente, colocó una chaqueta casual sobre su camisa de botones en hilo y partió a buscar a Violeta. Cuando llegó a la casa de la Srta. Contreau para recogerla, Sebastián recordó el día en que la conoció. Esto sucedió, en gran medida, porque Violeta había decidido utilizar el mismo abrigo que llevaba puesto en aquella ocasión. Como consecuencia, no había venido sola, ya que todavía llevaba tendido a Carlos, el catarro viral, justamente dentro del bolsillo derecho de su abrigo.

—Cariño, yo sé que habíamos quedado en que tú ibas a preparar la cena, pero no me pude aguantar y preparé un flan de vainilla para el postre —dijo Violeta mientras se mordía los labios.

Seba no había hecho ningún preparativo para el postre, así que no tuvo inconveniente alguno con que Violeta así lo hubiese hecho.

—¿Estás bromeando? Sabes que me encantan tus flanes y tú, más que nadie, me conoces lo suficiente como para adivinar que se me iba a olvidar preparar algo para el postre.

Ambos sonrieron, se dieron un beso y continuaron hacia la casa. Al llegar, Violeta no pudo reprimir las ganas enormes de decirle a Seba lo mucho que le gustaba la misma.

—Es bella —dijo Violeta mientras caminaba hacia la puerta color azul cielo de la casa.

—A mí también me encanta, pero dale un tiempito a que te acostumbres, después no te impresionará tanto —dijo Sebastián.

Lo cierto era que no existía una forma rápida de acostumbrarse. Por tal razón, Violeta no pudo disimular la expresión de asombro en sus ojos, mientras recibía un recorrido completo de la residencia. Luego de merodear por cada ápice de la mansión, caminaron hacia el patio trasero y se sentaron a comer.

—Te amo, mi vida, gracias por la cena —dijo la Srta. Contreau.

—De nada, cariño, yo también te amo.

A través de la noche, Sebastián le relató a Violeta la mayoría de las memorias que guardaba dentro de la casa. Rememoró todos los veranos que había pasado en ella y las innumerables aventuras que había tenido en la misma. Le describió, con lujo de detalle, la gran época de sequía cuando era un niño y que casi causó la desaparición de todo a su alrededor. Le contó de todo, pero en gran mayoría solo hablaba de las largas tardes que pasaron él e Ian intentando pescar, infructuosamente, algún pez. Violeta escuchaba, con gran detenimiento, todo cuanto Seba le decía y, de vez en cuando, compartía alguna memoria afín al tema.

—¡Aachú! —se escuchó un estornudo proveniente de Violeta.

—Salud.

—Gracias y perdón, es que creo que estoy un poco resfriada —dijo Violeta mientras se recuperaba un poco del estornudo.

—Toma, aquí tienes mi pañuelo para que te limpies.

Violeta se limpió la nariz, respiró la fragancia de Seba que estaba impregnada en la tela y dobló el pañuelo en cuatro mitades asimétricas, antes de guardarlo en el bolsillo derecho de su abrigo. Realmente, la Srta. Contreau no estaba resfriada; simplemente, había estornudado por las alergias nasales creadas por la naturaleza que la rodeaba. Pero, para su poca suerte, había colocado el pañuelo exactamente en donde menos estaba supuesta a colocarlo para permanecer sin la compañía del virus en su sistema respiratorio. Durante toda la noche, Violeta estuvo a punto de buscar en su bolsillo el pañuelo y soplarse la nariz; afortunadamente, nunca lo llegó a hacer. Como consecuencia, Carlos estuvo muy cerca de volver a habitar dentro de alguien y así poder apoderarse de sus sentimientos y acciones. Lamentablemente para él, su deseo no llegó a cumplirse durante aquella noche. Nunca pudo hospedarse en el cuerpo Violeta.

La cena estuvo «exquisita», al menos eso opinó Violeta. El vino tinto estaba fresco y puro, el churrasco estaba tierno y jugoso, pero la comida no fue lo más encantador de aquella noche. Lo que realmente componía el momento era la sonrisa de la Srta. Contreau y la mirada amorosa de Seba, el perfume del campo y el brillo de la luna sobre el lago, esparciéndose sobre los labios y las caricias de ambos.

—Mi amor, tengo para esta noche una última sorpresa —dijo Sebastián a mitad de la velada.

—¿Sorpresa?

—Sí, mi amor, y la misma depende de ti para que así lo sea. ¿Podría contar con tu ayuda?

—Seguro —dijo Violeta mientras sonreía emocionada.

—Puedes, por favor, extender tu mano hasta debajo de la silla y desprender un sobre que está ahí pegado.

—¿Cómo no? —preguntó en tono de contestación.

Al desprenderlo tuvo frente a sus ojos una envoltura rosada que forraba un pequeño sobre blanco y cuadrado.

—¿Qué esperas, mi amor? Ábrelo. Por favor, sé que eres muy buena para esto de adivinar mis intenciones, así que voy a necesitar toda tu ayuda —dijo Seba.

Al abrirlo, Violeta encontró una pequeña tarjeta que decía:

Violeta, ¿me harías el honor de _ _s_ _te c_n_ _go?

Una vez lo leyó, Violeta estalló en sonrisas y lágrimas. Al mirar a Seba, este tenía en sus manos una rosa roja junto a un estuche negro con una sortija muy delicada en su interior.

—Violeta, ¿me harías el honor de casarte conmigo? —dijo Seba, arrodillado, mientras ella leía nuevamente, y de forma simultánea, la nota sobre sus manos.

—«Violeta, ¿me harías el honor de _ _s_ _te c_n_ _go?». ¡Sí, Sebastián, sí! —respondió.

Una vez dichas estas palabras, Violeta se arrojó sobre sus brazos mientras repetía a su oído «¡Sí!», con cada lágrima y sonrisa. Ciertamente, ella nunca se imaginó que durante aquella noche se comprometerían. Más aún, nunca imaginó llegar a amar tanto a alguien como amaba a Seba.

Ya comprometidos, continuaron la cena con un sentimiento distinto al del comienzo. Ahora, mientras disfrutaban el flan que preparó Violeta, conversaban y planeaban imaginariamente algunos detalles acerca de su futuro. Hablaron de tener de dos a tres hijos. El primer niño se llamaría Sebastián Luis en honor suyo. La primera niña, se llamaría Rocío en honor a la madre de Violeta. También hablaron acerca de dónde iban a vivir, si en la ciudad, en los suburbios o en el campo. A pesar de que Seba y ella trabajaban en San Juan, ambos estuvieron de acuerdo en que no vivirían en la capital durante los primeros años de crianza de sus hijos; pensaban que no era el lugar idóneo para esto. De hecho, hasta consideraron la oportunidad de criarlos en la casa de campo, al igual que lo hicieron él y su hermano.

De esta forma, continuaron conversando durante varias horas hasta que las manecillas de reloj convergieron en las 2:22 a.m. Una vez se percataron de esto, colocaron los trastos en el fregadero y se dirigieron cada uno a su recámara. Durante aquella noche, no durmieron juntos.

A pesar de lo alegre de la velada, al acostarse, Violeta tuvo un sueño bastante enigmático, en el cual se encontraba en un pasillo largo y estrecho, casi kilométrico, forrado por todas partes con sábanas rojas y amarillas. Sin ningún tipo de causa aparente, la Srta. Contreau iba corriendo aceleradamente hacia una foto gigantesca de su madre, que estaba colgada al final del pasillo. La foto era tan inmensa que asemejaba las medidas externas de un camión de carga. Por algún motivo, ella no podía contener la urgencia de continuar corriendo hacia la imagen de su mamá y, según se iba aproximando, al compás progresivo de su aliento, volviéndose más fuerte, comenzó a escuchar un gran estruendo que despertaba su intriga. Al voltearse vio cómo las mantas amarillas y rojas comenzaban a caerse, mezclándose hasta formar una gama de colores que tendía a anaranjado. A pesar de que podía observar cómo todo a su alrededor se derrumbaba ante su paso, Violeta no intentó parar, sino que sintió aún más ganas de llegar a su meta. Pero, por más que corría, el cuadro no aparentaba seguir en su sitio, sino que parecía continuar alejándose al mismo tiempo que ella avanzaba. De repente, la foto comenzó a moverse a una velocidad imposible de alcanzar, sus respiraciones se volvieron más pesadas y las sábanas que estaban al frente de su camino empezaron a desplomarse justo encima de ella. Al ver esto, Violeta se detuvo completamente, pero ya era muy tarde: estaba atrapada. Su cuerpo se encontraba rodeado por aquella sumatoria de frisas que, lentamente, se iban cerrando hasta quitarle las fuerzas de respirar, apretando poco a poco su cuello. Con cada segundo creció el convencimiento de que iba a morir. Súbitamente, en el momento en que creía que terminaría completamente asfixiada, abrió sus ojos y encontró su cuerpo totalmente bañado en sudor y tendido sobre las cubiertas blancas del cuarto de visitas de la casa de campo. A pesar de que no sabía el significado del sueño, sintió que había algo más que una simple pesadilla detrás del mismo, algo más allá de lo que podía explicar.

Una vez incorporada de aquel mal susto, Violeta se dirigió hacia el baño para arreglarse. Al salir del mismo, encontró a Sebastián en la cocina. Él le había preparado un desayuno con frutas, café y tostadas. La Srta. Contreau comió en total silencio hasta que no pudo aguantar el peso de su angustia.

—Mi amor, tuve una pesadilla —dijo Violeta con tono de preocupación.

—¿Qué soñaste? —preguntó Seba.

—No sé, era bastante raro. Por lo que puedo recordar, me encontraba corriendo, con todas mis fuerzas, por un pasillo bien largo lleno de paños o sábanas de colores amarillos y rojos. Al final del camino había como una foto enorme de mi madre, que en paz descanse, y justo cuando estuve a punto de acercarme a ella, se aceleró rápidamente muy lejos de mí, mientras todas las mantas me arropaban y casi me asfixian. Realmente fue escalofriante. Me levanté sin aire, sudada y con la boca muy reseca.

—Entiendo, cariño, pero no te preocupes. Probablemente fue un mecanismo de tu cuerpo para salvarte la vida. Déjame explicarme, pudo darse el caso de que tu respiración hubiera estado bloqueada por la sábana con la que te arropaste o hasta por tu propia lengua o faringe, si es que estabas acostada boca arriba y roncaste. Esta obstrucción de aire pudo causar que tu cuerpo, por medio de tu sistema nervioso central, creara un sueño o pesadilla que fuera capaz de sacarte de tal estado y, como consecuencia, salvarte la vida al desperarte e intentar permitir el paso continuo de oxígeno hacia tu cerebro.

Debido a que la contestación del Dr. Pérez-Fuertes sonaba bastante razonable, ella quedó más relajada en cuanto al significado del sueño. De hecho, quedó tan satisfecha con la explicación que se olvidó por completo de aquel susto producido por su pesadilla.

Desafortunadamente, durante aquella mañana, la Srta. Contreau contribuyó con su granito de arena al final de los días de ocio de Carlos sobre la faz de la tierra. Ya que, justo antes de marcharse, se percató de que todavía tenía el pañuelo de Seba guardado en el bolsillo derecho de su abrigo.

—Sebastián, te puse tu pañuelo sobre la mesa del comedor, recuerda recogerlo y lavarlo —dijo Violeta.

—Sí, no hay problema, yo lo recojo y lo pongo en mi ropa sucia cuando regrese.

Milagrosamente, el catarro viral no tocó ni una molécula del organismo de Violeta, pasando de su bolsillo al pañuelo y de este al comedor. Sin haberse percatado, la Srta. Contreau colocó dos cosas sobre la mesa aquella mañana. La primera fue el pañuelo doblado en cuatro mitades que le pertenecía a Sebastián y la segunda fue una pieza del rompecabezas final de sus vidas.

ʃʃDecimoquinto

A poco más de tres horas de haber partido Sebastián y Violeta, doña Mother y don Samy llegaron a la casa de campo. La idea de la visita provino de la envejecida Dolores Fuertes, quien quería sorprender a su hijo en alguna posición comprometedora. Desgraciadamente para ella, no tuvo la oportunidad de encontrar a su hijo y a la Srta. Contreau en la casa, pero, de igual manera, aprovecharon para descansar por unos días allí.

Antes de haber llegado a la casa de campo, habían pasado por casa de Ian para ver cómo estaba y para conversar por un rato. Su hijo mayor seguía igual que siempre, con su hogar bastante inmaculado por dentro y su edificio totalmente demacrado en su exterior. Aunque, por aquellos tiempos, estaba teniendo problemas de ratas dentro de su apartamento. Recientemente, había tenido que fumigar y comprar numerosas raciones de veneno para acabar con la plaga. Para su poca fortuna, una rata que tenía como veinte roedores en su vientre se había metido en su apartamento y esparcido sus crías por cada escondite. A pesar de su batalla con los inquilinos inoportunos, Ian Samuel se encontraba en perfecto estado de salud.

Como era de esperarse, doña Mother comenzó a hablar de la mucha falta que le hacía Daly y de lo mucho que sabía que debía de estar sufriendo por su partida. Ian Samuel, por su parte, no tenía ningún problema con esto. Probablemente porque, en realidad, veía a Dalymar a diario. Después de dos horas de visita y de entrometerse en todos sus asuntos financieros, planos de edificios y relaciones interpersonales, la madre del ingeniero Pérez-Fuertes decidió que ya era hora de partir para visitar a Seba.

Objetivamente, al llegar a la casa de campo, doña Mother y don Samy encontraron todo en orden. Sin un miligramo de polvo sobre su suelo, la casa estaba limpia. Claro está, esto se debía a que, en gran medida, Mama se había encargado de recogerla, dejando casi todo en su sitio una vez partieron Seba y Violeta. Pero había algo heterogéneo en aquel panorama, un detalle que tenía el propósito de estar allí, esperando a ser disturbado. Quieto, inmóvil, con aires de desesperación por ser tocado, estaba el pañuelo colocado por Violeta sobre la superficie de la mesa. Una vez doña Mother se percató de su presencia, se alimentó de su existencia para comenzar con sus acostumbradas peleas. Subjetivamente, doña Mother había acabado de decidir que la casa era un total desastre y que todo a su alrededor estaba muy sucio.

—Mira para allá, uno deja la casa por un par de meses y mira cómo la encuentra, en total desorden. Es sumamente asqueroso el llegar a algún sitio y encontrar, sobre la mesa del comedor, un pañuelo sucio de alguien. Es más, Mama me va a tener que dar una buena explicación para esta suciedad o, de lo contrario, va a escucharme. Y que se atreva a decir que no hay ningún problema, que esto se puede arreglar muy rápido, como siempre dice. Porque te juro, por los huesos de mi padre, el prócer Ramón Fuertes, que la boto como a bolsa de basura fuera de la casa. Esto... esto es una falta de respeto y no se lo voy a permitir. Una, como mujer adinerada de alta sociedad, confiada en la servidumbre de otros, teniendo una imagen de una casa limpia y pulcra, bien cuidada, y cuando llega uno encuentra una pocilga en total podredumbre. Yo te digo una cosa, Samuel, un pañuelo sobre la mesa del comedor es igual de grotesco que una cucaracha sobre la comida...

Doña Mother continuó discutiendo sola por varios minutos hasta que don Samy osó interrumpirla.

—Dolores, cálmate, que en verdad no es tan asqueroso como dices. Mujer, si te hace sentir mejor, yo mismo lo recojo y lo pongo en el cuarto de la ropa sucia. Ah y, por cierto, que ni se te ocurra gritarle a Mama porque el resto de la casa está limpia, muy limpia. Además, ella no es una esclava ni parte de la servidumbre, ella es familia y punto.

—Solo esto me faltaba, que me quitaran mi autoridad sobre esta casa —doña Mother fingió que lloraba y se fue de prisa hacia su cuarto.

Acto seguido, don Samy miró hacia su izquierda y guiñó a Hidoki. Luego, caminó hasta la mesa y agarró el pañuelo que, a su vez, colocó en el bolsillo izquierdo de su guayabera. Mientras lo colocaba en su bolsillo, Carlos hizo todo lo que estaba a su alcance hasta que pudo zafarse del mismo y caer justamente donde necesitaba, dentro del sistema respiratorio del sargento Pérez.

En espacio de 48 horas, el virus se movió de sus manos a su nariz, pasando por su garganta, y se acomodó muy bien en sus pulmones. Una vez se adentró en su pecho, comenzó su trabajo de replicación excesiva para poder esparcirse y apoderarse de todo cuanto lo rodeaba. A pesar de que llevaba más de dos docenas de años sin ningún tipo de acción, Carlos se adaptó rápidamente a su nuevo huésped. Lamentablemente para el pobre anciano, con más de ocho décadas de edad, su sistema inmunológico no estaba preparado para tal invasión. Durante los primeros días comenzó a sentir una fiebre bastante elevada, que lo llegó a mantener en cama por instrucciones del Dr. Pérez-Fuertes.

—Agua, denme agua, que me estoy ahogando —gritaba Samuel lleno de ira—. ¿Que no se dan cuenta de que estoy enfermo, que no me estoy echando fresco tirado en la cama? Bendito sea Dios y maldita sea la hora en la que decidí tener dos hijos tan inútiles como los que me han tocado, sin mencionar a una mujer que no hace nada más que irse de compras y estirarse el pelo. Una vida entera trabajando para darles todo, buena educación, una vida fácil, y mírenme aquí, siendo tratado como basura y sin que tan siquiera me escuchen.

Era obvio que algo se había apoderado de los labios del sargento Samuel L. Pérez. Usualmente era un anciano muy tierno, humilde, de ojos caídos, bastante calmado y cariñoso en su hogar. Nunca pronunciaba una palabra soez y menos aún insultaba a ningún miembro de la familia. En cambio, por aquel entonces solo se le escuchaba gritar a la gente y hacerlos sentir mal por su existencia. Se encargaba de sacar cada defecto que quisieran ocultar y magnificarlos hasta el infinito con tal de humillarlos. Al parecer, los síntomas secundarios producidos por la invasión de Carlos estaban causando estragos no solo en su huésped, sino también en sus seres queridos. Esto se debía a la predilección de este virus astuto, que usualmente se anidaba no solo en los pulmones, sino también en el lóbulo frontal izquierdo del cerebro de sus víctimas, causando todo tipo de cambios de personalidad. Durante toda su enfermedad, Carlitos se encargó de desatar la furia de su holgazanería cautiva por falta de huéspedes y nombró a don Samy como autor incriminado de ellas.

A pesar de que fue atendido con mucho cuidado por su hijo menor, don Samuel no logró responder a ningún tratamiento. Con el pasar de los días, el diagnóstico de catarro simple se convirtió en pulmonía con bronquitis y, a pesar de hidratación continua, placas de imágenes de pecho, visitas al neumólogo y antibióticos preventivos, se tornó en una pulmonía bacteriana resistente. Don Samy nunca llegó a decírselo a Seba, pero él temía que su cuerpo se resistía al tratamiento debido a los estragos de su pulmonía previa, adquirida en los campos de batalla asiáticos.

—¡Achú-chú-chú! —estornudaba Samuel, acechado por un dolor que nacía en su garganta, pasaba por su esófago y se esparcía en sus pulmones—. ¡Maldita sea, ojalá y el diablo se los lleve a todos, avancen y háganme sentir bien, *puñeta*! ¡Sebastián, ¿tú aprendiste algo en la escuela de Medicina o solo te enseñaron a dar jarabe?, no sirves para nada, ¡hijo inútil!

A pesar de todos los improperios dichos por don Samuel e inducidos por Carlos, Sebastián nunca dejó de atenderlo o de cuidarlo con la misma atención y devoción. Esto se debía a que parte de su entrenamiento como médico incluía el lidiar, mentalmente, con los insultos emitidos por otros a causa de sus dolores. Realmente, una educación en Medicina te enseña a tragar fuerte, ser empático y poner siempre la otra mejilla. De alguna forma milagrosa, nadie, con excepción de su padre, había contraído el virus.

En esos tiempos ya habían transcurrido casi nueve meses de notas escritas en tinta china. Ciertamente, la situación se había apoderado, insidiosamente, del humor de Sebastián. A pesar de que ya se habían comprometido para contraer matrimonio durante el año entrante, eran muy raras las veces en las que Seba hablaba del asunto. Esto se debía a que, una vez alguien comenzaba a hablar del futuro, se le subían los humores y comenzaba a actuar de forma distinta, ya que sentía como si ese día de su boda nunca llegaría, poniendo completa veracidad en el peso del mensaje de las cartas. Algunas veces se calmaba rápidamente y otras, simplemente, murmullaba palabras soeces que se asemejaban más a ladridos que a refunfuñones. De hecho, a causa de esto se desataron las primeras discusiones entre la pareja. Pero ni una de ellas afectó los sentimientos de uno por el otro. Ambos continuaron amándose hasta el último suspiro de su existir.

Sebastián era gastroenterólogo, no neumólogo o intensivista, pero sí hizo todo lo humanamente posible por salvarle la vida a su padre. Tan pronto se dio cuenta de que no respondía a los medicamentos, decidió hospitalizarlo para prevenir que se descompensara (contrario a lo que sus colegas le sugirieron). Una vez admitido en el hospital, le envió al menos un centenar de cultivos, tomografías computarizadas y estudios serológicos. Luego, exigió un equipo de infectólogos, junto con neumólogos de la *Escuela de Medicina de Puerto Rico* y hasta presentó su caso en la junta de médicos internistas, mientras realizó todos los trámites para transferirlo al *Hospital de Veteranos de San Juan*. Así pues, lo dejó allí, en manos expertas y calificadas. Fue entonces cuando descubrieron lo que sucedía. El sargento Samuel L. Pérez no solo tenía una pulmonía viral, complicada por una bacteriana, sino que además tenía una metástasis que se había esparcido desde sus pulmones hasta la última hebra de su cabellera. O sea, los médicos encontraron que tenía un cáncer de pulmón (adenocarcinoma) que inicialmente parecía una pulmonía. Por esto, los antibióticos no lo habían curado del todo. Para el momento en que los oncólogos lograron tener imágenes nucleares y tomográficas de todo su cuerpo, se dieron cuenta de que lamentablemente se había regado por todos sus órganos vitales: desde sus pulmones hacia el cerebro y hasta su hígado estaban envueltos. Por tal razón, a don Samy no le quedaban más de un par de semanas o meses de vida, como mucho, si es que respondía a una fuerte rutina de quimioterapia.

Una vez recibieron el diagnóstico final, la decisión del padre de Seba e Ian, bajo su juicio influenciado por Carlos, fue rechazar todo tipo de tratamiento con quimioterapia y aceptar cuidados terminales, paliativos. También firmó un documento rehusando ser resucitado o conectado a un ventilador si en algún momento lo necesitase. Realmente, le quedaban muchísimo menos de seis meses de vida. Sin duda alguna, Sebastián no tuvo otro remedio que inicialmente aceptar su decisión; ciertamente, no existía otra forma digna, en su mente, de dejarlo morir. Por su propia voluntad, don Samy prefirió ser trasladado a la mansión campestre de la familia Pérez, bajo el cuidado de su hijo y una enfermera graduada. Esto se cumplió al pie de la letra, ya que el sargento Pérez tenía todo el derecho de escoger su propio destino.

Al enterarse del diagnóstico de su padre, Sebastián celebró una reunión en la sala de espera del hospital con su hermano y su madre.

—Doña Mother, Ian, el viejo está más enfermo de lo que creíamos —dijo Sebastián con un nudo en la garganta y los ojos rojos, repletos de lágrimas.

Mientras continuaba hablando, les explicó a ambos, en términos simples, la condición que tenía don Samy. A pesar de la mucha delicadez que tuvo al decírselo, doña Mother quedó atónita y no tuvo reacción alguna, aparte de permanecer con sus ojos abiertos de par en par; luego quedó congelada y se desmoronó sobre el sofá en la sala de espera.

—Seba, ¿qué le pasa a Mother? —preguntó Ian mientras la tocaba en el hombro tratando de que reaccionara.

—No sé, tuvo que haber entrado en un estado de ansiedad o pánico —contestó Seba mientras le tomaba el pulso y le escuchaba la respiración. Su madre estaba fría y forrada de sudor, se había desmayado.

—¡Pues haz algo, que no quiero quedarme huérfano de madre también! —gritó Ian.

Una vez dicho esto, Seba comenzó a correr en búsqueda de más médicos que lo ayudaran. Cuando regresó, volvió con dos doctores y tres enfermeras que le cogieron los signos vitales, la pusieron en una silla de ruedas y la trasladaron a la sala de emergencias, en donde le hicieron imágenes de tomografía computerizada de la cabeza, electrocardiogramas, pruebas de sangre y todas salieron, agraciadamente, muy bien. Entonces creyeron que sí, efectivamente, estaba en un estado de pánico absoluto, tal y como Sebastián sospechó inicialmente. Como resultado, decidieron sedarla y admitirla al hospital bajo vigilancia para que descansara. Una vez terminaron de llenar los papeles de admisión al hospital, se despidieron de ella, de su padre (que aún estaba como paciente en otra habitación) y se fueron a su casa.

En menos de dos días, Ian y Sebastián hicieron todos los preparativos para llevarse al sargento Pérez para la casa de campo. Contrataron una enfermera graduada y habilitaron, en su totalidad, una de las habitaciones de la mansión Pérez. Igualmente, se abastecieron de todos los equipos médicos que creyó Seba necesarios y llenaron la casa de fotos familiares para ambientarlo mejor.

A pesar de los muchos preparativos que hicieron para la llegada de su padre, nunca concibieron el tener que hacer también arreglos pertinentes para la llegada de doña Mother. Cuando fueron a visitarla, al próximo día, la encontraron gritándole a los doctores y exigiéndoles que llamaran a su hijo porque «él sí era un médico de verdad» y «no un inepto con aires de curandero» como ellos. La verdad era que había quedado bastante trastornada con la noticia de la inminente partida de su esposo. La sola idea de perder a la única persona que había permanecido día y noche a su lado, en las últimas seis décadas y fracción, era lo suficientemente impactante como para desequilibrarle el mundo a cualquiera. Sin importar lo mucho que habían vivido desde el momento en que se juraron eterno amor, ambos todavía amaban el recuerdo del primer día, el palpitar del primer beso en el columpio del flamboyán, el nacimiento de sus dos hijos y la imagen de juventud al mirar el rostro del otro. Sin importar los ochenta y tantos años de vejez que cargaban en sus miradas, aún se amaban.

Gracias a Dios, Sebastián se encontraba presente cuando la locura de Mother llegó a su punto crítico. Fue solo así como los médicos lograron convencerla de que se tomara los sedantes.

—No me voy a tomar ni una pastilla que no me pongas tú en la boca —le gritaba doña Mother a Seba totalmente desenfrenada.

—Lo sé, lo sé, para eso estoy aquí, para cuidarte yo mismo —respondió Sebastián mientras le colocaba el medicamento en su boca.

Desde aquel momento, la cordura de doña Mother continuó en declive. A tres días de haber ocurrido el primer incidente en el hospital, los psiquiatras le dieron de alta para que regresara a su casa. Una vez lograron calmarla, hicieron unos cuantos preparativos para que, al igual que don Samy, estuviera más cómoda bajo el cuidado de Seba. A pesar de lo mucho que insultó y maltrató doña Mother a su esclava, Mama, durante toda su vida, fue esta última la que se encargó de cuidar a su jefa hasta el final de sus días de lucidez.

∫∫Decimosexto

La noche en la que se cumplían trescientas treinta y dos cartas consecutivas, el Dr. Sebastián L. Pérez-Fuertes tuvo el penúltimo presagio del final de su vida. El sueño fue tan vívido que pudo percibir la sangrienta tos que se escurría entre sus dientes. Se encontraba en un sitio distinto, cubierto de árboles gigantescos y forrado de montañas verdes, muy oscuras. Al mirar al frente su vista registró a un asiático que llevaba clavado en el centro del pecho un cuchillo. Tan pronto se percató de su presencia, intentó gritar y salir corriendo, pero permaneció inmóvil y mudo. Cuando al fin logró dominar sus sentidos, su boca solo fue capaz de emitir una ristra de sonidos que parecían más gemidos que alertas de peligro. Sobre la cabeza del asiático había un sombrero de paja puntiagudo en forma de cono invertido. La herida de este era letal, lo sabía porque de la forma que entró el cuchillo, seguramente, tuvo que haber destrozado la aurícula derecha de su corazón y la aorta. Pero, aun sabiendo que aquel hombre estaba muerto, no pudo aguantar las ganas de conversar con él. Bajo la luz de aquel firmamento desconocido le dijo su apellido y nombre de pila, le habló de su familia, de su posición en el ejército y de lo mucho que detestaba la guerra. Por alguna razón, contestaba frases que no existían, se reía de bromas que nunca se hacían. En realidad, no sabía en dónde se encontraban, pero, sin importar el nombre de aquella jungla desconocida, no era parte de ninguno de los pueblos de Puerto Rico, eso sí lo sabía. Instintivamente miró su cuerpo y se percató de que, nuevamente, no era él, sino el mismo desdichado que estaba en el baile militar hacía casi once meses atrás. De repente, su cavidad torácica comenzó a apretarse y su respiración se tornó más aguda, mientras sus pulmones sintieron la entrada punzante de un dolor que atravesó sus alvéolos y salió por su espalda. Tosió tan fuerte y seguido que quedó encorvado sobre sus rodillas, con sus ojos cerrados y su cuerpo sediento de oxígeno. Pasaron siete, ocho, nueve y, al décimo segundo, sintió su pecho relajarse y respirar aquel aire que se transformó en gloria al llenar su pecho. Al recuperarse del ataque de tos, miró alrededor y notó que ya no se encontraba en aquella jungla desconocida, sino que estaba tendido sobre una cama en un cuarto bastante oscuro. A pesar de que le tomó un par de segundos orientarse, pudo descifrar que se encontraba en una de las habitaciones de la casa de campo. Movió su cabeza y se percató de los cables sobre su rostro, que lo conectaban a una máquina de oxígeno. Contempló sus brazos y sintió los moretones sobre sus manos envejecidas. Al mirar hacia su diestra, encontró la presencia del mismo asiático con el que había conversado y que aún tenía el cuchillo clavado en el centro del pecho. Tan pronto como lo miró a los ojos, notó que su acompañante comenzó a caminar hacia la puerta de la habitación. Casi en sincronía, el sujeto de la cama se arrancó el oxígeno artificial, junto con las sábanas, y comenzó a perseguir al hombre acuchillado hacia fuera de la recámara. Era como si algo dentro de su ser le dijera que lo siguiera, que ese sí era su destino. A pesar de que la luna apuntaba hacia las horas de la madrugada, continuó caminando a través de la casa, cruzó por encima de la grama humedecida por el rocío nocturno y descendió por las escaleras del paseo tablado que llevaban hacia el lago. Una vez llegó hasta el final del camino, observó cómo su acompañante se lanzaba al agua en picado. Varios instantes después, emuló sus pasos.

Al levantarse, Sebastián soltó un grito ensordecedor. Luego, comenzó a correr desenfrenadamente hacia las afueras de la casa y en dirección del lago. Una vez llegó allí, quedó mudo cuando reconoció la presencia de dos huellas distintas, producidas por la grama y su rocío, que daban hacia el borde del paseo. Sebastián comenzó a correr nuevamente mientras sus ojos peinaban al agua para ver si encontraba a su padre en algún punto; nada percibió. Al llegar al final de las huellas, se detuvo y buscó desesperadamente alguna pista que apuntara hacia dónde lanzarse. Sebastián no se percató, debido a la negrura de la noche, pero el matiz del agua había cambiado. La misma ya no era color pardo verdosa, sino que se había tornado de un color vino oscuro que le daba un aspecto de sangre estancada en una cuenca mortífera.

—¡Dr. Pérez, Dr. Pérez, venga rápido, que se nos muere! —gritó la enfermera desde el patio de la casa.

Acto seguido, Sebastián comenzó a correr hacia el cuarto de don Samuel. «Seguramente», pensó Seba mientras corría, «el viejo se lanzó al lago y logró nadar a la orilla. Luego, probablemente, la enfermera me llamó al verlo mojado y jadeando de frío». Lo que desconocía el Dr. Pérez era que el cuerpo de su padre no estaba sufriendo las complicaciones de haberse zambullido en el agua a mitad de noche, sino que estaba pasando por los instantes finales de una muerte catalizada por su cáncer de pulmón.

Para su sorpresa, cuando entró a la recámara de don Samy, lo encontró completamente seco, con su máscara de oxígeno y tubos conectados perfectamente. Totalmente opuesto a su hipótesis del origen de la emergencia.

—¡Se nos muere el viejo, llama la ambulancia! —gritó Seba al ver a su padre en la cama completamente morado, ignorando que él quería morir en la casa, sin volver al hospital, bajo los servicios terminales paliativos de su hijo.

Debido a que Samuel ya no tenía pulso y la máscara de oxígeno no aparentaba servirle de mucho a sus pulmones, Sebastián decidió desconectarlo y tomar el resto de lo que quedaba de su vida en sus manos. A pesar de que era consciente de que su padre no quería ser resucitado o puesto en ninguna máquina de ventilación mecánica, él rehusó a dejarlo morir. Casi instintivamente, comenzó a correr los protocolos de arresto cardiorrespiratorio que sabía de memoria. Realmente, esto no era lo que don Samy quería, pero Sebastián se negaba a dejarlo ir sin tratar. A continuación abrió sus labios, movió su quijada hacia abajo y comenzó a proporcionarle respiración boca a boca.

—Mil uno, mil dos, mil tres, mil cuatro, mil cinco —gritaba Seba mientras transfería su aire hacia los pulmones de don Samy y la enfermera le colocaba acceso intravenoso.

Epinefrina, atropina, intravenoso o subcutáneo, gritaba, mientras le pedía a la enfermera que le buscara la máquina de resucitación. Pero no había máquina de resucitación en su casa, él lo sabía. En la mente de Seba cada minuto que pasaba aumentaba la certeza médica de que su padre no resucitaría, de que probablemente tendría daño cerebral de hacerlo y de que no servía de mucho su esfuerzo ya que, en esencia, estaba muerto. Aun así, no se quiso rendir.

—Viejo, reacciona, reacciona, por favor —decía Seba mientras seguía flexionando con sus manos el pecho inerte entre sus brazos—. Respira, no te puedes morir hoy. No te mueras, viejo, no aquí, no ahora, no en mis brazos. ¡Vuelve, por favor, vuelve!

A los treinta minutos de haber comenzado la resucitación, cuando llegaron los paramédicos, encontraron a Sebastián resucitando aquel cuerpo frío, tieso y repitiendo continuamente:

—No es cierto, no estas muerto, yo sé que aún estás vivo.

Al ver esto, los miembros del equipo de auxilios se encargaron de separar a Seba del cuerpo, verificaron los signos vitales inexistentes de don Samuel, leyeron los papeles de no resucitación que les brindó la enfermera y terminaron pasivamente el proceso.

La noche en que se cumplían trescientas treinta y dos cartas consecutivas escritas en tinta negra china, don Samuel Luis Pérez falleció. Ciertamente, su hijo nunca debió haberlo intentado resucitar. Eso no era lo que él quería, pero Sebastián no pudo aceptarlo.

A pesar de morir de un fallo respiratorio, don Samy no sintió ningún tipo de dolor en sus momentos finales. Él solo se concentró en palpar aquella escarcha blanca que se esparció entre sus dedos sobre el suelo asiático y dio gracias, en repetidas ocasiones, por no haber muerto, físicamente, durante aquella guerra.

Dos cartas premonitorias después de la muerte de su padre se efectuó el entierro. En el último adiós estaban Ian (junto a Dalymar, en su estado metafísico), Sebastián, Violeta, doña Mother, Mama, Natalia con su esposo, varios amigos cercanos a la familia Pérez-Fuertes y algún que otro compañero de *La 65 de Infantería* que aún estaba, en cuerpo, vivo. En adición a los invitados estaban cuatro oficiales, jóvenes militares totalmente desconocidos por todos los allí presentes. Luego de que el padre Rodrigo dijera sus últimas palabras, rezos y frases de apoyo para la familia, la caja fúnebre del esposo de Dolores Fuertes fue bajada, mientras se escuchaba el martillar de los rifles de los cuatro militares desconocidos. Tan pronto como se escuchó el último de los disparos, el cielo se encargó de desatar su furia al estallar una ristra de relámpagos que serviría de preámbulo para un tumultuoso diluvio. Bajo la lluvia, los soldados doblaron, en forma triangular, una bandera norteamericana que no fue acompañada por su querida *monoestrellada*. Esta bandera, con cincuenta otras estrellas, fue una por la que el sargento Samuel Luis Pérez luchó toda su vida con respeto, considerando siempre ser uno de sus mayores logros y éxitos, al igual que las carreras académicas de sus hijos y sus seis décadas de matrimonio con su amada Dolores. Él siempre se consideró tan orgulloso de ser norteamericano como de haber nacido con «*la mancha de plátano*» puertorriqueña. Sabiendo que quizás esto sucedería, don Samy le había pedido a Sebastián que le pusiera una bandera de Puerto Rico dentro de su tumba. Así pues, la única semblanza de patria con la cual permanecería, durante su eternidad, sería la de ser boricua.

Posteriormente, los militares marcharon hacia doña Mother y le entregaron aquel recuerdo triangulado, en honor por el servicio ejemplar de su esposo durante todas sus batallas.

—¡Ay, Jesucristo, no puede ser! ¡Ay, Dios mío, yo les entregué un hombre y hoy me lo cambian por un pedazo de tela, devuélvanme a mi esposo! —gritaba doña Mother llorando bajo la lluvia, mientras partían los soldados.

Durante aquella tarde, la última parte viva que quedaba dentro del corazón de Dolores Fuertes/doña Mother, murió. Nunca más se le escuchó hablar coherentemente o se le vio sonreír. Mucho menos se le vio volver al *Club de los Banqueros* o criticar al mundo entero en el salón de belleza *El Popurrí*. Con el pasar del tiempo, su pelo fue mostrando las canas que por tantos años habían sido disfrazadas. Su piel, sin maquillar, fue descubriendo las arrugas profundas que la componían con sus casi ocho décadas y media que mostraban sus ojos. A pesar de que Mama se encargó de cuidarla y de los fármacos prescritos, doña Mother no mostró ningún progreso durante casi tres semanas. En estas, intentó suicidarse dos veces usando potes gigantescos de *acetaminofén*, pero falló miserablemente y, junto con lavados gástricos, en adición a medicamentos, pudieron salvarla momentáneamente. Después del segundo intento de suicidio, Sebastián e Ian decidieron hacerles caso a los psiquiatras e internarla en el *Hospital Psiquiátrico de San Juan* con la esperanza de que pudieran brindarle ayuda intensiva para su depresión absoluta. El día en que la internaron se cumplían trescientos cincuenta y cinco días de cartas continuas. Al firmar el último de los papeles de ingreso, Seba creyó que algún día volvería a ver a su madre salir nuevamente cuerda. La realidad sería que ni ella jamás saldría de aquel hospital mental, ni ninguno de sus hijos jamás volvería a verla.

A través de los días en los que doña Mother no mostró progreso, la cantidad de agua en el lago se vio crecer considerablemente. Nadie se percató, pero casi por tres semanas corridas desde la muerte de don Samy había llovido a diario a la misma hora en que le habían entregado la bandera triangular a su madre, como intercambio patriótico de su esposo. Así pues, el volumen de la gran cuenca de agua (que ahora parecía de color anaranjado/rojo sangrienta) comenzó a subir hasta el punto de que cubría el tope de las escaleras del paseo tablado. Poco a poco el *Valle de los Pérez* estaba cediendo a su paso.

Cuando llegaron del hospital, Seba se encargó de habilitar el apartamento que tenía en la ciudad y que no había conseguido vender aún, para que Mama se mudara al mismo. Lo cierto era que quería estar completamente solo en la casa de campo. En adición a las notas, la muerte de su padre y la enfermedad aguda psiquiátrica de su madre le hicieron sentirse muy frágil y quiso asegurarse de dejar todos sus asuntos en orden. Por tal razón, luego de habilitar su apartamento en el Viejo San Juan, fue junto a Mama hacia la oficina de su abogado y cambió las escrituras del mismo bajo el nombre de la mulata que en tantas ocasiones hizo las veces de madre en la ausencia de la suya. Finalmente, se aseguró de dejar casi todo en orden, incluyendo todo lo referente a su clínica, manejada por Natalia. Aparentemente, lo único que no podía arreglar era el enigma que cubría su vida y que se había apropiado de su temperamento y pensamientos. Los siguientes días que vivió Sebastián estuvieron marcados por malos humores, interrumpidos por una gran tristeza que, al parecer, solo enardeció aún más el estado de nervios y la progresión imparable de sus acciones por venir.

ʃʃDecimoséptimo

La entrega de las notas proféticas era tan diligente que Sebastián ya ni utilizaba el calendario solar para orientar sus días. Aquella mañana, su conteo marcaba las trescientas cincuenta y siete cartas seguidas desde que conoció a Violeta. Seba ya estaba harto de ellas, pero, aun así, la nota que recibiría durante esa mañana no sería nada agradable. La noche anterior se había acostado luego de las 12:00 a.m., utilizando los encantos del botón «ANTENA» para recrear una velada romántica que había pasado junto a su prometida. Al levantarse, miró hacia su derecha y se percató de que la usual nota no se encontraba sobre su escritorio. «¿Habrán parado las entregas?», se preguntó Seba un tanto intrigado, «o ¿será que todavía estoy dormido?».

Sebastián no se encontraba dormido, en efecto, estaba muy despierto y no había ninguna nota sobre su escritorio. Desafortunadamente, su alegría no tardaría mucho en desaparecer ya que, al mirar sobre su cama, encontró una nota escrita en tinta china y tendida boca abajo sobre su otra almohada. La misma decía:

A vos se le acaba el año de vida

De por sí, la nota contradecía el patrón creado a través del año. Para empezar, la misma no había aparecido a su derecha al abrir sus ojos, sino a su izquierda, sobre la almohada que no había utilizado. Segundo, era la primera ocasión en que alguna de las notas hablaba más explícitamente del final del año, añadiendo así un poco de zozobra adicional en su mensaje. Por tal razón, el Dr. Pérez-Fuertes no pudo evitar angustiarse, más aún, por la existencia de las cartas. Sentía como si su vida estuviera dentro de un cruel conteo regresivo en el que lo único seguro era el día (aparentemente exacto) de su muerte.

Luego de vestirse durante esa mañana, a eso de las 7:57 a.m., Sebastián decidió romper su silencio y contarle a su hermano mayor todo lo que le sucedía. Mientras manejaba hacia el apartamento de Ian, su cerebro comenzó a girar alrededor del centenar de cartas recibidas a través del año; desde la primera nota que lo llevó a París, hasta esta última, que lo impulsaría a contarle a otro ser humano por primera vez. Seguido, pensó en Violeta y en lo mucho que la amaba. Pero pensar en ella envolvía más que tocarla con sus recuerdos, ya que cada suspiro que guardaba en su memoria acrecentaba aquel miedo real de algún día, muy cercano, poderla perder. De ser ciertas las cartas, Seba tenía, según su conteo inexacto, poco más de una semana de vida. Y, aunque un segundo de vida sigue siendo vida, dicha cantidad no era lo suficientemente grande como para satisfacer su sed de amor por la Srta. Contreau. Para él, ni la eternidad hubiese alcanzado para cumplir con tal propósito.

Así pues, la mente de Sebastián Luis Pérez se encontraba divagando entre el conteo final de su vida, los cientos de cartas recibidas, la mirada de su prometida y la agonía de su posible separación forzada. Según fueron flotando sus pensamientos, su pecho comenzó a inundarse de una mezcolanza compuesta de furia, de temor y de miedo, incapaz de ser destilada. Para cuando llegó al frente del apartamento de Ian, su razón estaba totalmente trastornada. Sus nervios habían sido saturados por más neurotransmisores de los que necesitaba y sus ideas habían sido contaminadas por una psicosis progresiva y aterrorizante.

El sentimiento de ira que albergaba Sebastián era tan grande que lo enajenaron de todo cuanto componía la estructura del complejo de *Apartamentos Les Pérez*. En realidad, seguía igual de demacrado que siempre. Una vez estacionó su automóvil, caminó hacia el apartamento de su hermano sin percatarse de los casi cuatro pies y medio de hierba mala que cubrían la entrada. Para él, nada de esto existía. Quizás por eso no se inmutó ante los grandes batallones de insectos que intentaban detener su paso, ni tampoco se detuvo ante los inmensos criaderos de mosquitos que coqueteaban con ser lagos. Simplemente, estaba decidido a hablar con su hermano sin importar si el mundo paraba o seguía girando.

Al tocar el timbre de la puerta principal, Sebastián tuvo el presentimiento de que sucedía algo raro. Sintió varios pasos e instrucciones emitidas por Ian hacia algún receptor oculto. Mientras esperaba frente a la puerta, tuvo un vaticinio de que había algo misterioso en sus cuchicheos y tardanzas. Estaba completamente paranoico, tanto que comenzó a golpear la puerta para intentar catalizar la llegada de su hermano.

—¡Avanza y abre, que tengo prisa! —gritó Seba, mientras intentaba forzar su entrada hacia el interior del apartamento #010b.

Durante los varios minutos que estuvo esperando, el Dr. Pérez-Fuertes recordó la misteriosa paliza que había recibido Ian durante la mañana en que apareció Violeta en su vida. Pero esto no era lo que más le intrigaba con respecto al asunto, sino lo mucho que había tenido que esperar durante aquel día para entrar en la casa y lo intenso del olor a perfume, mezclado con sangre, que había percibido al curarlo. Su cerebro, de forma desenfrenada, comenzó a elaborar una tesis en la que Ian era el culpable de las notas. Sin que tuvieran ningún tipo de sentido sus aseveraciones, Seba llegó a crear una teoría piramidal de conspiración. «Seguramente», pensó, «hay más gente envuelta en todo esto».

En esencia, su teoría casi infantil se basaba en que existía una secta o culto secreto conspirando para matarlo, para intimidarlo o para llevarlo a la locura. Sonaba completamente maniático o demente. Pero, para él, esta secta formaba la base de la pirámide, mientras que el grosor del cuerpo de la misma se componía de las cartas enviadas en tinta negra china y la cúspide estaba compuesta por Ian, que se encargaba de encontrar las formas de entregarlas.

«¡Ajá!», pensó nuevamente Seba, «con que por eso era por lo que las notas seguían apareciendo aun cuando me mudé a la casa de campo. Ian fue siempre la rata que me espiaba». Pensaba en esto, olvidándose, dentro de su locura acusatoria, que las notas también aparecían junto al mueble, cuando se quedaba a dormir en casa de Violeta, lugar que Ian no conocía.

Sin ninguna razón contundente, su nivel de obsesión alcanzó niveles astronómicos, tan altos que, para cuando Ian apareció en la puerta para abrirle, los ojos de Seba ya no eran color pardo azabache, sino del mismo color vino sangriento que había adquirido el lago desde la noche de la muerte de su padre.

—¿Cómo estás?» —preguntó Ian Samuel al abrirle la puerta.

—¿Cómo estoy? ¡Te voy a decir cómo estoy! —contestó Seba inundado de ira y muy agitado.

Una vez los pies de Sebastián cruzaron el marco de la puerta, la poca razón que le quedaba en sus sentidos terminó de desvanecerse.

—¿Dónde están? ¡Dímelo! ¿Dónde están? —preguntaba a gritos al husmear por cada esquina de la casa, en búsqueda de alguna pista o de algún cómplice que escondiera su hermano.

Pero el menor de los hijos de don Samuel no iba del todo mal en sus elucubraciones, ya que Ian no se encontraba totalmente solo. Parada a su derecha se encontraba Dalymar, tan radiante como siempre. Sobre la mesita de noche del cuarto de Ian estaba Ernie, de quien se escapaba su imagen por la puerta entreabierta que daba a la sala. En adición a Ernie y a Daly, en aquella tarde habían venido de visita don Eugenio y don Juan, quienes estaban sentados en los muebles. Para Sebastián, la presencia de todos era nula. Aunque, de todas formas, continuó su escrutinio de pistas y culpables por cada ápice del apartamento de su hermano.

Buscó debajo de su cama, en el baño, sobre el fregadero; nada encontró. Husmeó en el jarrón de la harina de café, dentro del refrigerador, en la alacena; nada halló. Inoportunamente, justo cuando sus gritos habían comenzado a alcanzar niveles de decibelios ínfimos, encontró algo que alimentó su ira y multiplicó sus sospechas.

Sobre la mesa de planos de Ian había tres botellas de tinta china, las cuales siempre usaba para firmar a mano sus trabajos finales. En el instante en que Seba se percató de la presencia de los frascos, su cara bañada de sudor se desfiguró hasta adaptar una imagen de toro desquiciado, dispuesto a arremeter contra el mundo de así desearlo. Según él, había encontrado el cuerpo del delito.

—¿Con que se me acaba el año de vida? ¡Pedazo de *cabrón*! ¿Dónde están? ¡Dímelo, *puñeta*! ¿Dónde están? —inquiría el toro con ojos color vino, empapado de sudor.

—¿Dónde están quiénes? ¿Cómo que se te acaba el año de vida, estás enfermo, qué te pasa?

—Ian, no te hagas el loco, que estos frascos prueban que estás envuelto en todo esto —gritaba Seba.

—¿Envuelto en qué? Y baja la voz. ¿De qué tú hablas?, si eso no es más que la tinta china que utilizo para firmar mis planos.

—¿Que esto no es más que tinta china?, pues de tinta china están escritas las *mierdas* de notas que me mandan tú y esa secta diabólica.

—¿Secta diabólica, notas de tinta china, de qué hablas? —preguntó Ian totalmente desorientado.

Al parecer, la frase «secta diabólica» tuvo un efecto exponencial en la ira de Seba, ya que tan pronto la dijo, se encorvó totalmente sobre su abdomen, tirado sobre sus rodillas, y de su boca comenzó a salir una especie de rugido fuerte, constante.

En adición, sus labios comenzaron a escurrir un fluido baboso compuesto de saliva, flema y mocos, mientras sus puños se cerraban, en ambas manos, herméticamente. Luego de un par de minutos en esta pose, Sebastián se levantó y comenzó a restallar contra el suelo todo lo que veía a su paso. Empezó por la computadora de su hermano, que cayó sobre el televisor de la sala. Luego se movió a la cocina, en donde vació los anaqueles sin dejar ni una pieza de la vajilla que no destruyera. Pero el punto más alto de su furia fue alcanzado cuando agarró los planos de su hermano y los partió en pedazos, para luego metérselos en la boca y masticarlos con desesperación. Finalmente, agarró los tres frascos de tinta china y los utilizó como proyectiles.

Durante todo el arranque de locura, Ian había permanecido petrificado, parado en la misma posición en la que estaba cuando entró su hermano endemoniado a su apartamento. Ninguna de las visitas de Ian tampoco se había movido, todas estaban presenciando la explosión de sentimientos que experimentaba Sebastián bajo su arranque de rabia.

El primer lanzamiento de los frascos de tinta cayó en un retrato pequeño de Albert Einstein que Ian tenía colgado en una de las paredes principales de su casa. El segundo lanzamiento impactó la mano izquierda de Ian que, afortunadamente para él, se interpuso ante la inminente colisión que tendría con su cara. Aunque el último de sus lanzamientos fue el más letal de todos. Éste se convirtió en la raíz que más tarde acabaría con el árbol de su alegría. Sin tan siquiera mirar hacia dónde lo había lanzado, Sebastián soltó el último proyectil de tinta china y observó, con sus ojos repletos de venganza, la trayectoria del mismo.

En menos de un par de segundos la figura de Ernie había caído rota en mil pedazos sobre el suelo del apartamento #010b.

Casi instantáneamente, Ian cayó desplomado con ambas rodillas sobre el suelo color blanco de su apartamento. Su semblante adquirió un aire de dolor y sus ojos se convirtieron en los cauces de un mar continuo e incesante de lágrimas.

—¡No! —gritó Ian desde el fondo de sí—. ¿Qué has hecho, Seba? —fueron las últimas palabras que diría Ian en vida.

De repente, don Eugenio y don Joan comenzaron a desaparecerse de los muebles mientras decían adiós con sus manos envejecidas. Acto seguido, Ian miró a Daly y vio cómo le soplaba un beso a distancia y le decía, con muda voz, que siempre lo amaría. Durante aquella mañana, el cuerpo de Dalymar Laví se desvaneció para siempre en el vacío.

Al verla partir sin él, Ian se levantó del suelo, caminó hacia su cuarto y se sentó sobre su cama, completamente callado.

—¡Habla, no te quedes mudo! —gritó Sebastián al verlo sentado—. Te advierto, Ian, que no te hago daño porque eres mi hermano, pero si vuelvo a encontrar tan solo una más de esas cartas, te juro que te voy a dar una paliza peor que la que te dieron por el asunto de faldas.

Posteriormente, el Dr. Pérez-Fuertes salió del apartamento y encendió su vehículo. Ian permaneció sentado por varias horas sobre su cama, reflexionando acerca de todo cuanto había ocurrido, hasta que finalmente terminó con su soledad.

∫∫Decimoctavo

—Ave María purísima.

—Sin pecado concebida.

—Padre, perdóneme porque he pecado.

Violeta acababa de sentarse en el confesionario de la catedral de San Juan. Había llegado a mitad de mañana, directamente desde la biblioteca, envuelta en una manta de eterna culpa.

Dígame hija, ¿por qué has pecado?

—Por fin encontré al asesino de mi madre —respondió Violeta, mientras alzaba su cabeza y dejaba ver su cara repleta de lágrimas sigilosas.

—¿Al asesino de tu madre? ¿Cómo es posible, si a ella no la asesinaron?

Técnicamente, el padre Rodrigo tenía toda razón. La madre de Violeta había fallecido hacía once meses y un poco más, a causa de arresto cardiaco, producido por falta de oxígeno causado por un sangrado interno, como complicación de una colonoscopia. Al menos, eso fue lo que ponía su certificado de defunción. A pesar de esto, la familia Contreau-Costas no aceptaba del todo esta teoría. Para ellos, su muerte pudo haber sido pospuesta o, al menos, diligentemente atendida, sin necesidad de sufrir.

—Él me la mató, padre, él me la mató. Y lo peor es que probablemente ni lo sabe. Lo más triste es que, probablemente, ella no significó nada para él —dijo con su cabeza inclinada.

—Violeta, relájate y cuéntame, ¿quién tú crees que mató a tu madre, quieres que llame a la policía? —preguntó el padre casi sin esperar a que Violeta terminara.

Para entender esta interacción entre el padre Rodrigo y Violeta, había que pausar y dar vuelta atrás al reloj durante aquella mañana. Horas antes, la Srta. Contreau se levantó muy alegre. Luego se vistió, se puso perfume y caminó hacia la biblioteca municipal de San Juan en donde trabajaba. Su tarjeta de entrada marcó las 8:01 a.m. A esa hora caminó hacia su escritorio para comenzar sus tareas diarias. Casi una hora después de haber llegado, el teléfono de su escritorio sonó una vez... dos... tres... hasta que, a las 9:11 a.m., Violeta contestó la llamada.

—Buenas, ¿se encuentra la Srta. Violeta Contreau? —preguntó su hermano desde el otro lado del auricular.

—¿Júnior? ¿Cómo estás? ¡Qué milagro que me llames sin haberme pedido perdón!

—Estoy bien, pero te llamo para darte una buena noticia. Perdón por las peleas estúpidas mías del pasado, lo siento mucho. Ahora, ¿adivina qué, hermanita?

—¿Qué tengo que adivinar?

—Pues qué ha pasado con la demanda de impericia médica de la cual nunca quisiste saber y ahora te vas a beneficiar muy bien, gracias a tu hermano casi abogado.

Júnior se había comunicado con Violeta justo después de recibir, esa misma mañana, una llamada de su jefe del bufete de abogados donde trabajaba como paralegal. Resultaba que la compañía aseguradora había llegado a un acuerdo monetario con la familia Contreau-Costas, todo esto con el objetivo de no llegar a juicio. El acuerdo dejaba muy claro que, aunque la muerte de Rocío Costas de Contreau no había sido provocada intencionalmente, la compañía sí admitía la obligación moral de pagar una suma monetaria por los daños y perjuicios que pudo haberles causado el incidente de su muerte.

Hacía casi un año que no hablaba con Júnior, después de una discusión bastante virulenta que tuvieron luego de la muerte de su madre. Durante aquella disputa, su hermano le gritó pidiendo su dinero de la herencia, específicamente, tratándola de convencer para que vendieran la casa de su difunta madre, la cual había sido dejada por doña Rocío a Violeta, así que ella se negó a venderla. Desde entonces no habían conversado en lo absoluto. Ahora, en el otro lado de la línea se encontraba su hermano, lleno de avaricia, contándole los detalles del acuerdo. En resumen, como parte del arreglo, la compañía de seguros les prohibía (1) demandar nuevamente a nadie por dicho incidente y (2) emitir cualquier comentario público que incluyera el nombre del Dr. Sebastián L. Pérez-Fuertes, de su Clínica de Gastroenterología o de la aseguradora en cualquier declaración pública.

Tan pronto su hermano dijo aquel nombre, Violeta sintió como si todo el peso del universo hubiese caído sobre su pecho.

—Repite el nombre de nuevo, Júnior, y no relajes, repite el nombre de nuevo —gritó Violeta desde el otro lado del teléfono.

—Cálmate, Violeta, el nombre del doctor al que demandamos es el Dr. Sebastián Luis Pérez-Fuertes. Lo demandamos bajo el nombre de su Clínica de Gastroenterología, pero ese es el doctor responsable. Nuestros argumentos fueron que ella murió por no haber estado presente en su oficina el día en que le tocaba la visita de seguimiento de la colonoscopia de Mami, por haberla hecho esperar. ¿No te acuerdas? De todas formas, no importa, porque parece que al fin se dieron cuenta de que mami estaría viva si aquel «doctorcito de *mierda*» la hubiese atendido cuando le tocaba, sin dejarla plantada esperando, por tantas horas, en aquella sala de espera en vez de llevarla a la sala de emergencias.

El sonido del nombre de su prometido fue capaz de taladrar los oídos de Violeta hasta llegar a su garganta, donde sintió como si hubiera caído un gran golpe de culpa, que atravesó por su esófago y aterrizó dentro de su estómago. Realmente, cabía la posibilidad de que ella nunca hubiera sabido que Sebastián era el gastroenterólogo que atendía a su madre. Pero, de ser cierto, era como si el destino les hubiera tendido una trampa, ya que todas las piezas estaban inervadas para que así sucediera. Primero de todo, Violeta ni se acordaba de que su hermano había contratado a un abogado, en esencia porque contrató a su jefe en el bufete de abogados donde trabajaba. Peor aún, ella nunca acompañó a su madre a las visitas al médico, debido a que Júnior era el que se encargaba de llevarla a sus citas diurnas y aquella fue una de seguimiento después de su examen de colonoscopia. Ella creía que su mamá había muerto esperando en su médico de cabecera, el Dr. Santiago, ni se le ocurría que había fallecido en la Oficina de Gastroenterología ubicada en la Calle Buendía, esquina San

Damián. Aún si hubiera sabido la dirección, esa misma semana habían abierto la nueva oficina, así que ni eso hubiese podido usar para acordarse. Realmente, Violeta nunca tuvo la oportunidad de conocer al médico que le hizo la colonoscopia a su madre. Esto se debía a que el Dr. Pérez-Fuertes era tan poco dedicado a su profesión, por aquel entonces, que nunca visitaba a sus pacientes fuera de horas laborables y menos en el hospital. Finalmente, ella rehusó a todo lo que tuviera que ver con la demanda que su hermano orquestó porque, para ella, era vengativo y no cristiano. Tristemente, aún si ella hubiese estado envuelta en la demanda de impericia, iba a ser bastante difícil saber que era la de su prometido, ya que existían al menos quince gastroenterólogos llamados Dr. Pérez en San Juan, Puerto Rico, causando más confusión en todo el asunto.

Una vez su cerebro digirió su realidad, la Srta. Contreau quedó muda y sintió cómo su ser se congelaba desde el exterior hasta el interior de su pecho, deteniéndose estrepitosamente en su corazón y dejándole sentir la totalidad de las palpitaciones que marcaban su ritmo. Latido tras latido, fue reviviendo las memorias de amor compartidas con su madre. Incluyendo su primera comunión, sus noches de niña durante la fiestas de Navidad y las miles de memorias cotidianas junto a ella. También recordó los momentos tristes, las noches de hospitalización junto a ella con su padre, mientras lo diagnosticaban de cáncer pancreático avanzado, y la paz que le producía saber que su madre era, a su vez, su mejor amiga. Según fueron avanzando los latidos, las imágenes de doña Rocío comenzaron a entrelazarse con memorias vividas junto a Sebastián. Entonces descubrió lo cruel de su situación, ya que cayó en la cuenta de que, de ser cierto lo que decía su hermano, ella amaba cada detalle del hombre que asesinó a su mamá. Lo amaba al verlo dormir y rozarle los labios, en especial al escucharle reír y susurrarle te amo, lo amaba al abrazarle muy fuerte y tenerle a su lado, sin importar el mundo ni lo cruel del ser humano. Lo amaba, ¡cómo lo amaba! Y esto era algo incapaz de ser borrado, aun cuando supiese que le era imposible amarlo y su corazón quedara en ruinas, destrozado. Pero, de ser cierto, ¿cuán triste sería todo? ¡Cuán oscuro sería el futuro! Porque de seguro no existe castigo más grande que amar a quien también se odia.

Mientras terminaba de conversar con su hermano, Violeta no hallaba la forma de borrar la culpa de su piel, no encontraba el algoritmo capaz de limpiar la sangre de sus dedos, no podía callar los gritos que resonaban dentro de su conciencia. Ella amaba al hombre que le arrebató a su madre del presente y la sepultó en el pasado. Ella odiaba la idea de ese que le enseñó a amar y le dio nuevamente significado a su vida. A pesar de que habían tardado poco menos de un año en llegar a la resolución, los aseguradores por fin aceptaban la responsabilidad del error cometido por un médico al que representaban.

Pocos minutos después de la llamada de Júnior, Violeta decidió que no podía vivir con su pena y decidió ir a la catedral de San Juan para confesarse y hablar con el padre Rodrigo. Así pues, luego de haber repasado lo que había sucedido durante aquella mañana, nos encontrábamos nuevamente en el confesionario.

—El asesino de mi madre se llama —Violeta pausó y estalló en llanto. Por más que lo intentó, le tomó varios segundos recuperarse.

—Cógete tu tiempo, hija, que sé que debe ser sumamente doloroso para ti.

—Lo dice y no lo sabe, padre —contestó entre murmullos y jadeos.

Callada, permaneció en llantos hasta que de pronto pausó y dijo frágilmente:

—Sebastián, mi prometido, mató a mi madre; sin querer, pero de igual forma así lo hizo.

—¡Dios te libre, hija! ¿Por qué dices esto? Yo mismo casé a Samuel y a Dolores, luego bauticé a los niños y ninguno de ellos sería capaz de hacer cosa igual. Tal vez Dolores podría hacerlo..., pero ese no es el punto. De seguro Sebastián nunca haría esto. Además, ustedes se aman, ¿por qué habrías de pensar cosa igual?

—Sebastián la mató, Sebastián la mató..., me lo dijo hoy Júnior en el teléfono —continuó repitiendo Violeta mientras sus palabras se quebraban y nuevamente se unían.

—Júnior, ¿cómo él sabe eso? ¿Estás segura?

—No sé si es 100% seguro, pero Júnior ni lo conoce todavía, no habíamos hablado en casi un año por lo de las discusiones de la casa y detalles de la herencia —contestó con su mente en el espacio.

Hubo una pausa, muchas lágrimas, y luego comenzó a hablar nuevamente.

—Como le dije, padre, Júnior me llamó temprano, después de haber hablado con el abogado de su bufete, que él contrató por su cuenta. Él fue quien me dijo que el Dr. Sebastián L. Pérez-Fuertes, gastroenterólogo en San Juan, la había matado indirectamente —dijo Violeta, mientras dejó escapar otro llanto.

—Cálmate, hija, seguramente fue un malentendido. Ya verás que pronto todo se arregla.

—No hay nada que arreglar, padre. Todo está muy claro —Violeta se levantó y salió sin despedirse del padre.

∫∫Decimonoveno

Durante aquella mañana en la que su calendario inexacto marcaba las trescientas cincuenta y siete cartas consecutivas, había ocurrido un accidente de tránsito inmenso que impidió a Sebastián llegar, tranquilamente, desde la casa de Ian hasta su consultorio. Una vez los paramédicos, las víctimas, las cinco ambulancias, las doce patrullas de policías, los impertinentes carros espectadores y las demás personas inoportunas lograron deshabitar la avenida, el reloj del carro alemán semiautomático que Seba conducía marcaba las 10:02 a.m.

Sebastián entró a su oficina con un humor totalmente encrespado. No solo había discutido ferozmente con su hermano, sino que tuvo que esperar casi una hora en aquella congestión de tránsito. Cuando entró, miró a Natalia y se dio cuenta de que algo inusual había ocurrido.

—¿Pasó algo? —preguntó Seba aún irritado.

—Mejor hablamos con calma en tu oficina —respondió Nata mientras lo seguía hasta su escritorio.

—¿Le pasó algo a tu esposo?

—No, Sebastián, esto no tiene nada que ver conmigo o mi esposo.

Según Natalia decía estas palabras, Violeta se encontraba cruzando las puertas de la catedral e iba encaminada hacia el colmado de la esquina para comprar una caja de fósforos y cada una de las treinta y cuatro velas, con santos pintados en sus bordes, que quedaban a la venta. En el otro lado de la ciudad, Nata continuó con su conversación con Seba.

—Los aseguradores llamaron hoy, diciendo que tu póliza quedó sin efecto y que sometieron tu expediente al Colegio de Médicos de Puerto Rico para revocarte la licencia.

—Pero ¿por qué?, si hace mucho que no me someten una demanda. Es más, tu bien sabes que nunca en mi vida había amado tanto lo que hago. Llevo casi un año sin ninguna mancha.

—Sebastián, lo sé bien y me alegro por eso. Pero la compañía de seguros tuvo que pagar una cantidad sustancial de dinero con tal de cerrar el último caso de impericia que te reportaron.

—¿Cuándo fue esto, hubo una nueva demanda? Tú sabes bien que la última vez que me acusaron de impericia fue hace más de un año.

—No, fue hace exactamente trescientos sesenta y cuatro días —corrigió Natalia.

—Chica, no, fue hace mucho más tiempo. Es más, el nombre del señor era... era... olvídate del nombre. Lo que importa es que ya ha pasado más de un año desde que pasó, hasta he pagado dos veces la póliza durante ese tiempo.

—Sí, tienes razón, era un señor con nombre de dama, llamada Rocío Costas de Contreau —respondió Natalia sarcásticamente mientras leía el fax que le habían enviado de la aseguradora.

Tan pronto escuchó el nombre de la madre de Violeta, Sebastián sintió el impacto de la culpa en sus músculos. Natalia continuó hablando, pero sus palabras ya no eran audibles. Súbitamente, una mezcolanza de furia, temor y miedo fue diluida y transformada en una angustia inmensa, provocada por la noticia que acababa de recibir. Igualmente, sus ojos volvieron a tornarse color pardo azabache y su cara perdió el matiz de toro sudado que había adquirido previamente en el apartamento de Ian. Sin esperar a que Nata terminara de hablarle, Seba se levantó de su escritorio, le arrancó el papel de la mano y corroboró que en efecto no había escuchado mal el nombre de la víctima. Seguido, la dejó con la palabra en la boca y salió corriendo hacia su vehículo.

Primera, no-cloche; segunda, no-cloche; acelera, acelera, tercera, frenos, segunda, luz amarilla, acelera, no-cloche; tercera, acelera, policías, pasando accidente, bocina, bocina. Mientras manejaba hacia la biblioteca municipal, su mente iba pensando cómo diablos había sido capaz de haberle hecho cosa igual a Violeta sin tan siquiera haberla conocido.

A las 10:16 a.m., Sebastián llegó a la biblioteca. A las 10:19 a.m., Violeta estaba entrando en su casa.

A las 10:18 a.m., Sebastián estaba corriendo hacia afuera de la biblioteca. A las 10:23 a.m., Violeta había terminado de colocar las treinta y cuatro velas por toda la casa.

Sin saberlo, ambos estaban intercambiando acciones minuto a minuto. Ambos habían logrado coreografiar su último encuentro.

Luego de colocar todas las velas en sus posiciones específicas, la Srta. Contreau comenzó a encenderlas con cautela. Con cada llama que ardía, sentía un olor intenso que escapaba de ellas. Las mismas hedían a muerte cautiva, a una mórbida putrefacción deseosa de esparcirse. Ya para cuando logró terminar de prenderlas todas, el perfume que había en la casa era increíblemente insoportable, capaz de penetrar y hacer estallar en pedazos el alma de cualquier persona. Tras varios minutos de completa meditación, Violeta no pudo soportar más e intentó terminar con aquella pestilencia a culpa, con aquel recordatorio a muerte. Así pues, agarró con su mano derecha una de las velas y caminó hacia donde estaba el frasco que guardaba la única fragancia capaz de amortiguar aquella peste funesta. La botella del contenedor era perfecta para la ocasión: pintada de rojo, con detalles amarillos y una coqueta abertura en el tope que facilitaba su esparcimiento. Sin reparos, roció aquel líquido por el baño, las cuatro recámaras, la cocina, la pequeña sala, los retratos que tenía con Sebastián y, por último, se bañó en su aroma. A las 10:32 a.m., justo cuando estaba a punto de acabar con lo último que quedaba de la fetidez, llegó Sebastián.

—Violeta, Violeta —gritó Seba desde las escalinatas de su casa—. ¿Estás ahí?, Violeta, responde, ¿estás ahí?

—Vete, Sebastián. Te amo, pero te odio y no puedo vivir así.

—No, no me voy. No me puedes dejar así, tengo que explicarte, tenemos que hablar; por favor, me tienes que escuchar; por favor, perdóname. Yo no sabía nada. Estaba tan incrédulo como tú. Yo sé que esto suena mal y que parece que te oculté los detalles, pero te juro que no sabía nada, las compañías aseguradoras me mantienen ciego del proceso para que no haga ningún disparate. ¡Te juro que no sabía nada, te lo juro!

Sebastián trató de abrir la puerta, pero no pudo, estaba cerrada con llave, pestillo y cerrojo. Intentó mirar por las ventas de aluminio, diseñadas para resistir huracanes, pero estaban cerradas. Aun cuando estas hubiesen estado abiertas, era humanamente imposible penetrar las rejas de acero que protegían la entrada de la casa. Mientras intentaba abrirse paso hacia dentro de la vivienda, su nariz percibió el olor a muerte que rodeaba a Violeta. Con mucha más ansiedad, trató de hacerla reaccionar para que le permitiera el paso. De más está decir que no pudo.

Desde el interior de la casa, Violeta solo veía una gran debacle, rodeada por fogatas envueltas en frascos vidriosos. Las luces estaban apagadas y las paredes parecían murallas de color anaranjado. Para Violeta ya nada tenía sentido. Su dignidad puritana había sido destrozada y arrojada al fondo de un negro abismo impenetrable. En su mente solo había una frase: «Soy una ramera que vendió a su madre por compañía y amor». A pesar de que no era cierto, continuó repitiéndose la misma frase, hasta que todo cuanto veía parecía venir de un punto de vista más lejano. Era como si ella se encontrara parada en el fondo de un pozo y sus alrededores solo pudieran ser percibidos a través de un periscopio que cada vez veía las cosas desde un plano más lejano.

Según merodeaba por el fondo húmedo del pozo, se percató de que sus pies no estaban bañados de agua sino de un perfume intenso, viscoso y volátil proveniente del frasco rojo amarillento con el cual se había recientemente bañado. En adición, sus pies, ropa, cuerpo y cabellos estaban totalmente empapados de aquel líquido. No existía ni tan siquiera un centímetro de su existir exento del mismo. Cuando Violeta miró nuevamente su cuerpo, se percató de que aún tenía la vela encendida en su mano derecha.

—Te amo, Sebastián. Te amo y te perdono, pero no me puedo perdonar a mí misma —gritó Violeta desde dentro de su casa.

—Violeta, yo te amo, no hagas esto. Aquel doctor criminal y culpable de la demanda ha muerto, yo ya no soy ese hombre o médico; por favor, perdóname, no lo hagas —respondió Seba, gritando desde el fondo de sus pulmones.

Tan pronto llegaron estas palabras a sus oídos, la Srta. Contreau dejó caer, al fondo de aquel pozo imaginario, la vela que sostenía a su diestra. A pesar de que el recorrido de la misma duró tan solo un segundo, para Violeta el momento se extendió por varios minutos. En el fondo del túnel en el que se encontraba, la imagen de su madre fue proyectada hasta que el cristal que enmarcaba las llamas impactó la fragancia perfumadora. Una vez quebrado el frasco, el fuego que contenía se esparció desde sus pies hasta la punta de su cabellera. Su cuerpo se encontraba ardiendo al compás de un líquido orgánico conocido como gasolina. Prendida en flamas, miró cómo su casa ardía y los recuerdos de su niñez desaparecían con ella. Según se iba quedando asfixiada, envuelta en sábanas ardientes anaranjadas, la hija mayor de Rocío Costas de Contreau pudo comprender aquel sueño enigmático que tuvo en la casa de campo de la familia Pérez-Fuertes. Sintió miedo y un dolor indescriptible mientras moría. Como resultado, gritó y lloró, dejando salir un llanto tan aterrador que parecía como si una locura infernal se hubiese apoderado de sus últimos segundos de vida. Desde el exterior, aun cuando sus nervios gritaron en búsqueda de auxilio, sus músculos siguieron paralizados hasta su último suspiro.

—¡Violeta, sal de ahí, no lo hagas! ¡Por favor, no hagas nada estúpido, que sin ti me muero! ¡Yo te amo, Violeta, yo te amo! —gritaba Sebastián, golpeando la puerta que con cada segundo se tornaba más caliente e intentando llamar a los bomberos desde su teléfono móvil.

Desafortunadamente, ya era muy tarde. La Srta. Contreau había muerto, quemada, y su cuerpo se encontraba tirado sobre el suelo, completamente calcinado por las llamas.

Sebastián siguió repitiendo entre gritos y lágrimas: «Te amo, vuelve, no te vayas, no me dejes, ¿por qué lo hiciste?», hasta que llegaron los bomberos y lo encontraron frente a la puerta de la casa, golpeando con sus puños sangrientos y quemados, tosiendo rabiosamente por la inhalación de humo. Tres horas después, lograron apagar el incendio.

Luego de que se llevaron el cuerpo de Violeta e interrogaron a Sebastián, encontraron una carta suicida firmada por ella, dentro del buzón, que no le dejaron ver a nadie, pero que explicaba en pocas palabras por qué había incendiado su casa y cometido suicidio, corroborando la historia de Seba.

Como si fuera una momia, el Dr. Pérez-Fuertes quedó en silencio, parado frente a los restos de una casa completamente en ruinas. El suelo estaba cubierto por una pasta compuesta de ceniza, agua y humo, pero aun así decidió arrodillarse. Lentamente, Sebastián se acercó hacia la imagen mental de donde debería de haber estado aquella tierna sonrisa de Violeta que tanto amó. Cegado por su tristeza y cubierto en tizne, mezclado con llanto, se inclinó y la besó imaginariamente, a pesar de que su cuerpo calcinado se encontraba de camino a la morgue. Para Seba, el rostro imaginario y en cenizas de Violeta se escurría sobre el suelo como arena entre sus labios. Para los bomberos, Seba estaba en un estado de choque mental. Aquel beso invisible sería el último que él jamás daría en su vida. Violeta fue la última persona que jamás tocaría su alma.

Cuando le permitieron verla en la morgue para reconocerla, Seba no vio su cuerpo calcinado, ni la dentadura grisácea (que era prácticamente lo único que quedaba de ella). Sólo veía la tierna imagen de una mujer joven, tendida sobre el suelo en aquel día mágico en que la vio por primera vez frente a su carro. Al acercarse al cadáver, uno de los patólogos forenses le preguntó si creía que era Violeta. Sebastián asintió con su cabeza y su mirada era tan vacía que aparentaba ser ciega. El informe de patología forense confirmó a Violeta Contreau como la victima calcinada, aproximadamente dos semanas después del incendio. Para Sebastián, tan solo dos segundos fueron necesarios para identificarla.

∫∫Final

Con su ropa totalmente rasgada, con sus manos levemente quemadas y sus labios cubiertos de tizne, Seba se dirigió, desde la morgue, hacia el único lugar en donde creyó que podría esconder su dolor. Estaba lloviendo desde hacía varias horas. De hecho, inicialmente, al partir de casa de Violeta comenzaron a caer las primeras gotas de un aguacero torrencial. Era como si la estrepitosa caída de lluvia fuera función de la angustia y el pesar que cargaba dentro de su alma.

Cuando llegó, se estacionó justo al frente de *El Bar del Murciégalo*. A pesar de que en el negocio había más personas que las que hubiera deseado, solo compartió con *Sumujer* y con *Suamante*. Sentado en la barra, el barman, Antonio, le sirvió veintidós cervezas (de 300 ml) durante las casi nueve horas que estuvo allí. Totalmente entrado en alcohol, les contó a las dos ratas, a la perfección, lo que había sucedido. A las 9:53 p.m., después de haber sido consolado imaginariamente por su compañía, Sebastián tomó sus llaves y se convirtió en un arma de fuego lista para ser disparada.

Mientras conducía no importaron los cambios semiautomáticos de su automóvil, ni los trece semáforos que cruzó sin tan siquiera mirar, pero que por suerte eran casi siempre verdes o amarillos. Tampoco importaron los cráteres en la carretera, ni las gotas de lluvia que llevaban largas horas inundando la casa quemada de Violeta. Para él, «ya nada en el mundo importa», pensaba. No obstante, Sebastián no iba a morir detrás del volante; aún no le había llegado su hora.

Cuando arribó a la casa de campo, abrió la puerta y caminó dando tumbos, mojado de pies a cabeza, hacia su recámara. El nivel de alcohol en su sangre era tan elevado que no se fijó en nada que no estuviera a un metro de su vista. Tirado sobre su cama, prendió su televisor y utilizó el botón «ANTENA» para recrear los recuerdos de su mañana. Primero observó a Ian y al duende romperse en pedazos, luego se vio frente a la casa de Violeta intentando entrar inútilmente, finalmente, revivió el momento en el que identificó el cuerpo de Violeta y su último beso de despedida. Una y otra vez observó cada detalle de su día hasta que el reloj marcó las 11:09 p.m. y quedó dormido.

A pesar de que ni Sebastián, ni ningún ser viviente se percató, el lago que rodeaba la parte trasera de la mansión había recibido, desde el entierro de don Samy, el castigo de una secuela de lluvias copiosas, puntuales y premeditadas, que arremetieron contra el cauce de sus aguas. Por tal razón, el valle dentro de la península en el cual estaba ubicada la propiedad de la familia Pérez estaba a punto de ser sumergido. Mientras tomaba una siesta, no fue capaz de soñar. Su mente divagó en el vacío, como esperando ser despertada.

Fue exactamente a las 4:23 a.m. cuando todas las cartas recibidas comenzaron con el cumplimiento de sus profecías. Sebastián se levantó con la boca seca y con un dolor de cabeza inimaginable. Al mirar sobre su escritorio, descubrió una nota escrita también en tinta china. «Maldita sea», pensó, «maldita sea Ian y su *mierda* de secta». La nueva nota era, al igual que la del día anterior, totalmente distinta a todas las que habían sido recibidas. Esta solo tenía una cifra:

$$365.25$$

Sebastián la soltó casi instantáneamente y miró hacia su televisor, que aún estaba encendido y comenzó a emitir un chillido ensordecedor que lo incitó a apagarlo. Pero, por más que trató, no pudo. Intentó desconectarlo; fue inútil. Intentó utilizar el control remoto; nada logró. Así pues, tuvo que continuar escuchándolo mientras el ruido taladraba sus oídos.

De repente, el molestoso sonido paró y comenzaron a aparecer imágenes sobre su pantalla. Indudablemente, las mismas mostraban el interior del apartamento de Ian. «¿Estaré aún ebrio?», pensó para él mismo, pero su hígado ya había degradado todo el alcohol que corrió por sus venas, estaba completamente sobrio. «¿Estaré dormido?», pensó, mientras se frotaba los ojos, pero la realidad era que nunca había estado tan despierto como en aquellos instantes. Justo cuando terminó de restregarse los ojos, miró nuevamente hacia el televisor y vio cómo la imagen de su hermano aparecía frente a sus ojos. En la misma, Ian estaba sentado de forma similar a la que Sebastián lo había dejado cuando partió de su apartamento. A pesar de que no decía la hora a la que habían sucedido estas imágenes, por el resplandor del día se podía inferir que había sido durante la mañana. Sin duda alguna, lo que estaba sucediendo nunca había sido documentado en sus reglas de uso del botón «ANTENA». Aun así, decidió ignorar este dato y concentrarse en las imágenes. Calladamente, observó al ingeniero Pérez-Fuertes permanecer en la misma pose inmóvil sin emitir una sola palabra hasta que, repentinamente, su cuerpo tomó vida. Acto seguido vio a su hermano levantarse, caminar hacia la cocina y abrir una de las gavetas debajo del lavabo. Debido a que no podía ver con mucha precisión, Seba agarró el control remoto y agrandó la imagen. Al hacerlo, notó cómo su hermano comía, en grandes cantidades, algo color verde castaño que no le era posible identificar. Durante varios minutos lo observó terminar de comerse la totalidad de aquella bolsa. Luego, Ian caminó hacia los pedazos tirados sobre el suelo de lo que parecía ser un duende quebrado en pedazos (Ernie) y cayó, sobre sus dos manos, encima de este.

Sebastián quedó tieso al ver que el televisor comenzó a avanzar hacia adelante las imágenes que mostraba y la ventana ahora enseñaba los signos de la luna, sol, luna, sol, luna, sol, luna y sol, como si estuviese observando una imagen acelerada en futuro de lo que sucedería dentro del apartamento de Ian. De repente, la tele volvió a mostrar las acciones en un tiempo moderado y real. Sebastián sintió un frío absoluto que le corrió por sus huesos cuando, al mirar la cara de su hermano, vio cómo comenzaron a brotar chorros de sangre desde su boca. Pero más paralizado quedó al verlo convulsionar, cayendo boca arriba, mientras la sangre no solo brotaba de sus labios, sino también de sus orejas, su nariz y sus ojos, creando una hemorragia descomunal que en poco tiempo acabaría con su vida. Tan pronto se percató de lo que le sucedía, supo lo que con tantas ansias comió su hermano en la cocina. Ian se había quitado la vida ingiriendo veneno de ratas, *bromadiolona*, el cual había recientemente comprado para acabar con la infestación de roedores de su apartamento. Sus venas estaban más anticoaguladas que una jeringuilla de heparina. Desafortunadamente, no existía ni una pizca útil de vitamina K en su cuerpo.

—¡Noooo! —gritó Sebastián desconsolado.

Instintivamente, agarró en peso el aparato televisivo y lo reventó contra un espejo inmenso que colgaba en su recámara. Para su sorpresa, ni el espejo ni el televisor se rompieron. De hecho, este último rebotó y cayó encendido sobre el suelo, desconectado de la electricidad, mostrando los momentos agónicos de la vida de su hermano. Observando mientras convulsionaba, supo con certeza que moriría muy pronto, ya fuese de una arritmia letal o de un infarto cardiaco (por la falta de sangre) o, lo más probable, del sangrado cerebral masivo que le había causado las convulsiones. Irónicamente, Ian moriría de la misma forma que murió la madre de Violeta, de una hemorragia descomunal.

Navegando dentro de la agonía de acabar de ver morir a su único hermano y a solo horas de haber identificado a su prometida, Violeta, como aquella víctima calcinada en la morgue, Sebastián fue sorprendido por un sonido rítmico que aparentaba ser el de un golpe de agua, proveniente de las ventanas. Efectivamente, al voltearse, descubrió que el paisaje a lo lejos ya no mostraba ni una onza de aire, sino un fluido acuoso con aspecto oscuro, pardo y rojo, casi como del color de un fango sangriento que intentaba inmiscuirse en el interior de su alcoba. De hecho, el exterior de la casa estaba totalmente sumergido por el lago y el interior, ciertamente, sería el próximo destino de su cauce. «¿Será cierto o me lo estaré imaginando?», pensaba, mientras veía destellos de luz en su cuarto que más tarde darían paso a la aparición de réplicas de la nota final.

Progresivamente, estos destellos de luz fueron apoderándose de cada ápice de su recámara hasta que los dígitos «365.25, 365.25, 365.25...» se convirtieron en miles de líneas que cubrían por completo su cuarto. A pesar de que Sebastián sabía lo que significaba, aún no había caído en la cuenta del por qué se le habían acabado los días, si aún le quedaba poco menos de una semana de vida, entre seis y siete días, según sus cálculos. En esencia, el error de Sebastián era que su conteo de cartas consecutivas no era preciso, ya que su último año de vida, o sus 365.25 días transcurridos, no empezaban desde el día en que conoció a Violeta, como él creía, sino desde la semana antes, cuando visitó Francia desde su apartamento, a consecuencia de la primera nota homicida.

Sin embargo, Sebastián no moriría ignorante de este hecho. Sobre aquel espejo inmenso de su recámara comenzaron a proyectarse las imágenes, desde las más nuevas hasta las más viejas, de las notas recibidas junto al conteo de días y horas a las que fueron entregadas. Proyectadas sobre los pliegues del espejo, vio pasar aceleradamente cada una de las notas entregadas anónimamente, hasta que observó cómo de la séptima brincaba a la primera. Fue así como cayó en la cuenta de que sus cálculos eran erróneos y que sí podían ser fidedignas todas las advertencias.

Entonces, Sebastián quedó quieto por varios instantes, mientras miraba la última nota (en esencia, la primera) y sus datos de validación. Por un momento, reconoció la letra y escritura de las mismas. «Qué extraño, reconozco esa letra, ¿seré yo el autor?» «¿Las habré escrito dormido o bajo alguna otra personalidad desquiciada?», pensó, y sintió al resto del universo colapsar dentro de su alma. En su interior, trató de convencerse de no haber sido él quien causó toda aquella angustia, pero al final se encontró tan desilusionado y vacío que decidió aceptar la culpa, aun sin tan siquiera acordarse. «¿Estaré completamente poseído por un trastorno de personalidad múltiple, seré bipolar o esquizofrénico? ¿Cómo pude desbloquear de mi presente el haber escrito tantas cartas?», pensó. Y, al mirar sus manos, se dio cuenta de que estaban completamente llenas de tinta china. A todos los efectos, aquellas marcas negras sobre sus dedos eran tan comprometedoras como si hubiesen tenido sangre y un cuchillo gigantesco al lado de una persona recientemente apuñalada. El único problema era que, en aquella analogía, la víctima y el victimario eran los mismos. Aparentemente, Sebastián llevaba apuñalando a sus sentimientos durante todo un año, sin tan siquiera sospecharlo.

Completamente desahuciado por su espíritu, rodeado de los cientos de miles de líneas que decían «365.25, 365.25, 365.25...» comenzó a sentir una especie de fuerza electromagnética que lo atraía frente a su imagen en el espejo. Así pues, caminó hasta su reflejo y mientras más miraba su imagen, más atraído se sentía. De repente, sintió como si su mundo estuviera siendo intercambiado. Todo cuanto lo rodeaba se distorsionaba y cambiaba de perspectiva, creando de esta forma una oscilación dramática entre su percepción y la de sus alrededores. Por varios segundos se sintió mareado, desorientado, pero tan pronto como pudo enfocar su visión tuvo control de su estado.

Sin duda alguna, Sebastián había cambiado de cuerpo. Ahora ya no era aquel parado frente al espejo, sino que se había convertido en el reflejo del que lo miraba. Sin saber cómo, se encontraba dentro del espejo y era extraño porque, a pesar de que sabía que seguía siendo él, realmente ya no era lo que antes fue. Con mucha determinación comenzó a golpear simultáneamente el espejo desde ambos lados de la lámina reflectora, pero era inútil, nunca podría romperla, estaba atrapado.

«¿Estaré muerto?», se preguntaba, «¿seguiré aún vivo?».

Mientras trataba de contestarse, el fuerte latido de su corazón se lo impedía. En realidad, su pecho no palpitaba fuertemente por miedo a morir durante aquella madrugada. En su opinión, ya estaba más muerto que vivo; su hermano y su amada se habían suicidado, su padre había fallecido de cáncer pulmonar terminal hacía tan solo un par de semanas atrás, mientras él intentaba salvarlo, fallando como médico, y su madre estaba, esencialmente, muerta en vida. Tal y como siempre ocurre cuando alguien está enfrascado en una depresión absoluta, no pensó en Natalia o doña Mama, las cuales todavía sí valían la pena para luchar y tratar de reconstruir su vida con sus ayudas. Tampoco pensó en su profesión, en salvar pacientes como médico, recorriendo el mundo en misiones por países más pobres que lo necesitasen. Por último, ni siquiera se le ocurrió buscar ayuda psiquiátrica para que no tuviera que desperdiciarlo todo. No, simplemente se sintió totalmente solo, desahuciado. Para él, el significado poético de la vida se había extinguido. A pesar de esto, y sin saber por qué, sentía miedo. Miedo de permanecer vivo y quedar encarcelado dentro de aquella muralla fría y cristalina. Sentía horror de no poder escapar y, como consecuencia, quedar sentenciado a una cadena perpetua en la soledad.

Entonces, su enfoque cambió y comenzó a sentir pánico de que las notas premonitorias no fueran ciertas, de que no fuese él su autor, a pesar de que todo apuntaba a que sí lo era, de que tuviera que soportar por siempre el dolor de la pérdida de su familia y de Violeta. Luego de pensar en esto su ansiedad se acrecentó y comenzó a faltarle el aire. Acto seguido, observó cómo su imagen homóloga caminaba lentamente hacia atrás y caía sentado, recostándose inmóvil, mirando hacia el techo, a lo largo de la cama. Durante varios minutos, el Sebastián atrapado dentro del espejo se observó a sí mismo paralizado, tieso, y supo que cualquier signo de sanidad había sido escurrido de aquel cuerpo casi inerte. Al ver su imagen parcialmente catatónica, acostada frente a sí mismo, se dio cuenta de que él ya no era ni siquiera el mismo reflejo de su otro yo. De alguna forma, ambos seres eran dos almas y cuerpos distintos.

«¿Y quién soy yo?», se preguntó retóricamente, «¿y quién es él?», se repetía entre murmullos.

Rápidamente, reflexionó sobre su estado mental con una claridad cristalina, casi quirúrgica. Pensó en las notas premonitorias que tal vez él escribió bajo alguna otra personalidad múltiple, en el uso del botón «ANTENA», que no eran sino miles de alucinaciones grabadas de su vida. Deliberó acerca de su familia y en su predisposición genética a enfermedades mentales, incluyendo diagnósticos clínicos aprendidos en sus clases de psiquiatría y psicología. Luego miró a su reflejo en la cama, casi paralizado, y supo que cualquiera que fuese aquel a quien miraba desde lo lejos, jamás sería parte de sí mismo.

Con la esperanza de escaparse por siempre de aquel cautiverio, comenzó a contemplar la ilusión de morir ahogado por el lago *La Plata*. Debido a esto, miró desesperadamente hacia el suelo para saber si ya el agua se estaba infiltrándose dentro de su recámara, por medio de las ventanas. Al hacerlo, se dio cuenta de que no había ni una sola gota sobre las losas. El suelo estaba completamente seco. Durante varios instantes perdió todo tipo de esperanza de que algún día su angustia terminaría hasta que, súbitamente, comenzó a ver cómo caían algunas gotas color anaranjado rojizo desde la azotea. Automáticamente subió su vista y, al hacerlo, se percató de que el líquido no se estaba acumulando en el suelo para subir, sino que se había acopiado en el techo y ahora estaba empozado a lo alto, con la intención de sepultarlos mientras bajaba, desafiando las leyes de gravedad.

De repente, comenzó a ver algo raro moverse sobre el espejo, justo en frente de su vista. Después de varios segundos descifró qué era lo que veía. Eran letras, desde su punto de vista inversas, que comenzaban a oscurecerse en tinta negra. Con la aparición de las letras también comenzó a observar que tanto su alcoba como su «yo-no-cautivo-desquiciado-y-catatónico» se desvanecían y eran remplazados por una imagen borrosa de una persona totalmente desconocida. La persona aparentaba tener la misma intriga que él por enterarse de lo que aparecía escrito en aquellas líneas. Era como si tanto él como su nuevo acompañante lector estuvieran leyendo un libro cara a cara, separados por sus reflejos. A pesar de que las letras aparecían en reverso, escritas al otro lado del espejo, Sebastián utilizó cada pedazo de su intelecto para leerlas. Esperanzado en que podría ser cierto que sí moriría, miró hacia la parte superior del techo y observó cómo el agua continuaba descendiendo a un paso rítmico, de arriba hacia abajo, de derecha a izquierda, persiguiendo la lectura suya y la de su nuevo acompañante, dando un toque catártico con su paso, purificando cada sentimiento contenido dentro del alma de Sebastián y limpiando de culpa el contenido de cada evento pasado vivido, incluyendo su presente y el futuro que ambos leerían.

Entonces, y solo entonces, por primera vez en un año, se alegró por los cientos de cartas premonitorias recibidas, sin importar quién fuese el autor. Para Sebastián no importaba si había sido Dios, el diablo, un culto increíble ficticio o su propio yo con otra personalidad (el cual ahora andaba tirado sobre su cama, con marcas de tinta china sobre sus manos, actuando como un hombre totalmente desquiciado). Realmente, ya no le importaba el creador de las mismas, aquella madrugada sí sería, de una forma u otra, alguna versión del final de su vida. Fielmente, cada gota de agua que cubría las letras reafirmaba su potencial de morir ahogado. Así pues, decidió recostarse sobre el fondo del espejo, muy cercano al piso, con la intención de terminar aquel último párrafo que ambos leían.

Allí, recostado en posición fetal, Sebastián presenció el último presagio del final de su vida. Lentamente, mientras él y su acompañante lector digerían aquellas líneas finales escritas, cada solitaria letra y palabra se acercaba más y más a su cuerpo. Minuciosamente, ese alfabeto de símbolos líquidos fue deslizándose dentro de su nariz, pasando por su faringe, hasta forzarlo a inhalar muy fuerte con su boca para aguantar su respiración, intentando inútilmente prevenir que sus pulmones se asfixiaran prematuramente. Finalmente, en los últimos segundos de su existir, intentó fantasearse junto a Violeta, envejeciendo de forma inocente a su lado, sentados cada noche frente al mismo lago que en aquellos instantes parecía quitarle la vida. Desafortunadamente, tanto la falta de oxígeno como el exceso de dióxido de carbono lo trajeron brevemente a su realidad solitaria, así que tuvo que intentar concentrarse un poco más para poder terminar, en su totalidad, todas las palabras escritas frente al espejo. Con suerte, pudo imaginarse nuevamente junto al amor de su vida, enamorado y sin dolor, eternamente. En aquel instante, encontró paz absoluta y tuvo la extrema certeza de que al final de aquella última oración escrita, en presencia de aquel acompañante que leía junto a él, tanto su vida actual como la del previo Dr. Sebastián Luis Pérez-Fuertes culminarían.

Índice

www.ingramcontent.com/pod-product-compliance
Lightning Source LLC
LaVergne TN
LVHW041514170726
843492LV00005B/1507